CW01202968

LA ISLA SIN NOMBRE

LA ISLA SIN NOMBRE

MANEL RONDA

Primera parte

CUANDO NO MATAN LAS BALAS

Capítulo 1

Una cuerda medio roída colgaba de una de las vigas de madera que atravesaban el techo, y en su extremo, suspendida en el aire, brotaba la soga en forma de lágrima donde Pablo Ayala introdujo la cabeza con determinación. Sintió cómo el áspero tejido le rasgaba la piel mientras su garganta intentaba posicionarse bajo aquel conjunto de fibras trenzadas. A través de las persianas se filtraban difuminados hilos de luz, flotando entre una espesa neblina de polvo que le daba al ambiente una extraña sensación de calma tensa después de la tormenta. Los cajones del mueble que presidía el salón habían sido arrancados de sus compartimentos y descansaban en el suelo, sobre una alfombra de papeles destripados y cristales rotos que brillaban como espejos bajo el sol. En las paredes, los cuadros colgaban torcidos y aún perduraba la tierra ya seca, que se unía dibujando varias huellas de zapato sobre un blanco antes impoluto. La mirada ausente de Pablo Ayala se detuvo en cualquier objeto que consiguiera llevarle lejos de allí, a través de recuerdos incrustados en los recovecos de la memoria. Pero ninguno de ellos lo logró. En su mente sólo había lugar para Martina, y el simple hecho de concebir la vida sin ella lo había empujado a tomar la decisión que finalmente estaba a punto de ejecutar.

Martina llevaba siete días desaparecida desde aquella noche en que sufrió el zarpazo de la fiera. Con esa expresión eran conocidos los asaltos repentinos a viviendas y la inmediata desaparición de cualquier persona que fuera dudosa de no mantener el apoyo incondicional al régimen instaurado por el general Alonso del Potro, al que un golpe de estado había convertido en el auténtico dueño de aquella isla sin nombre que olía a mar y a sangre derramada. Pablo Ayala había representado la escena en su cabeza y barajado diversas opciones. Pudo ser un grupo de hombres entrando en su casa, revolviendo cada centímetro en busca de algún nuevo nombre que llevarse a la boca, sacando a Martina en volandas después de asestarle unos cuantos puñetazos en el estómago. O quizá fue uno solo, que esperaba paciente a que su presa llegara del trabajo. Nunca lo sabría. Lo que sí descubrió horas después, a través de una fuente del Ministerio de Defensa que le filtraba información para el periódico en el que trabajaba, era que se habían llevado a Martina a la cárcel de mujeres del Faro: un lugar en el que se debían tener muy buenos contactos o mucha fortuna para conseguir salir con vida. No entendía cómo habían podido cometer un error de tal magnitud; confundir a Martina, una prestigiosa pediatra dedicada en cuerpo y alma a su profesión, con uno de aquellos elementos subversivos que amenazaban el orden establecido. No le encontraba ningún sentido, pero aún así removió cielo y tierra.

Hizo todo lo que estaba en su mano para tratar de obtener un permiso de visita, llamó a todas las puertas influyentes y recurrió a una larga lista de gente que le debía un favor después de tantos años en la primera línea del periodismo, pero ya se sabe que la memoria suele ser frágil cuando se trata de remangarse y buscar entre el fango. Quien pone un pie en la cárcel del Faro –le dijo su contacto- es carne de cañón, comida para los perros.

Pablo Ayala regresó a casa con el rabo entre las piernas, impotente ante el todopoderoso aparato del Estado y sus tentáculos. Los primeros días pasaron entre la incertidumbre por la falta de información y el convencimiento de que aquel fatal equívoco sería subsanado en breve. Se darán cuenta, repetía, sin ser aún consciente de que la cárcel del Faro no se retracta ni se arrepiente, toma a todos por igual bajo su manto y ya jamás los deja ir. Es una madre que devora a sus crías y disfruta con ello. Los días siguientes se esfumaron, al igual que los buenos pensamientos a los que Pablo Ayala trataba de agarrarse, y sin oponer resistencia fue entregándose a la desidia, que cada día le ganaba un poco más de terreno. Como quien espera resignado un final inevitable, aquella misma mañana recibió la llamada de su fuente y la sobrecogedora noticia que jamás hubiese querido recibir. Martina, junto a otras nueve mujeres acusadas de traición a la patria, había sido fusilada al amanecer.

Capítulo 2

La cárcel de mujeres del Faro era conocida por su dureza. Ubicada en lo alto de un acantilado, junto al faro de Santa María, estaba rodeada por enormes muros coronados con alambre de espino electrificado. Las potentes luces de las torres de vigilancia permanecían encendidas, a la espera que el sol acabara de asomar por el horizonte, mientras en el patio las funcionarias aguardaban en pie a que sonara la sirena. Algunas miraban el reloj, impacientes. Otras fumaban un cigarrillo antes de que empezara la jarana. Formaban corrillos, y en cada uno de ellos había un par de perros de presa dispuestos a sembrar el pánico entre las reclusas que, todavía a esas horas, continuaban encerradas en sus celdas. Éstas se dividían en dos módulos. El de las presas políticas era numeroso pero bien organizado, y no contaba con facciones que pudieran debilitar el estrecho vínculo que las unía. El de las presas comunes, en cambio, era una jungla en la que se aconsejaba dormir con un ojo abierto si querías salvar el pellejo. Muchas de ellas eran peligrosas, con condenas por delitos de sangre, y las propias funcionarias las utilizaban a menudo para ensañarse con las cabecillas del módulo vecino a cambio de unos cuantos cigarrillos.

La mañana discurría tranquila, a la espera que la rutinaria violencia inundara de nuevo aquel templo de hormigón que cobraba vida con el sufrimiento ajeno. Cada grito, cada golpe, cada atrocidad cometida dentro de los muros de la cárcel del Faro insuflaba oxígeno a ese monstruo que se autoalimentaba del horror reflejado en los ojos de aquellas mujeres, a las que se exprimía hasta perder su dignidad. Y así, sin darse cuenta, su fama había traspasado el mar que rugía tras el acantilado, y corría ya entre las calles de la isla sin nombre, acrecentando su leyenda negra. Sonó la sirena y las celdas se abrieron. Las presas disponían de quince minutos para salir al patio y poder recordar, aunque sólo fuera por un instante, que seguían siendo seres humanos y no los despojos sin alma en que se estaban convirtiendo. Se distribuían en filas, en estricto orden, y su paso por los pasillos se convertía en un auténtico desfile de simetría que hubiera puesto la piel de gallina al mismísimo general Del Potro.

Al llegar abajo, una de las funcionarias pidió silencio mientras con la porra repiqueteaba los barrotes de la puerta que daba al patio. Se detuvieron, a la espera de su apertura, que se produciría a la finalización de los últimos acordes del himno patrio. El régimen se había apoderado de los símbolos nacionales y abusaba de su puesta en escena hasta el límite de lo patológico. La música cesó y se abrieron las puertas, haciendo retumbar un chirrido que acabó en un golpe seco. Ninguna de las mujeres que encabezaba la fila fue capaz de dar un paso al frente. Los susurros corrieron como la pólvora hacia las compañeras del fondo, y las primeras lágrimas comenzaron a brotar de esas almas que creían que ya nada les haría llorar. En el medio del patio, amontonados como desperdicios, yacían los cuerpos de las mujeres que habían sido ejecutadas al amanecer. Unas sobre otras, formando una masa uniforme de carne todavía caliente. La sangre empapaba sus ropas y las extremidades caían al peso, inertes, como ríos desembocando en un mar de adoquines húmedos y resbaladizos. Sus ojos permanecían abiertos, con la mirada perdida en un punto indescifrable, deseando volver en sí tras un instante en el limbo y retomar la insultante juventud que jamás debieron haber perdido. Las posturas eran inverosímiles y los cabellos, revueltos y plagados de moscas, ocultaban parte de su expresión dantesca.

Las funcionarias hicieron sonar sus silbatos, y a golpes obligaron a salir a las reclusas al exterior. Los ladridos de los perros rasgaban el silencio sepulcral que reinó en el patio cuando tras la última de las presas se cerró la puerta. A empujones fueron colocadas alrededor de aquella montaña de cuerpos, formando un círculo perfecto, con la cabeza bien erguida para poder contemplar qué les deparaba el destino. El maldito y cruel destino que las conduciría a la resignación de lanzarse, tarde o temprano, a los fríos brazos de la muerte, que convivía con ellas a pensión completa.

Un rechinar de dientes se oyó entre el viento que se llevaba consigo la juventud de una generación, y un pensamiento unánime se alzó sobre los muros que coartaban sus sueños. *Malditas, malditas, malditas.*

Capítulo 3

El general Alonso del Potro permanecía sentado sobre la gran alfombra blanca del palacio presidencial, contemplando absorto cómo jugaba su hijo Diego. Nada podía desviar su mirada de aquella inocencia que tan lejana quedaba en su recuerdo. Una sonrisa tierna le inundaba el rostro ante el único momento del día en que olvidaba los galones que lucía su chaqueta. El chico se entretenía montando un puzle sobre un panel de madera que descansaba en el suelo. Sus ojos bailaban de un lado al otro, buscando las piezas que le dieran un poco más de sentido a aquella imagen, y a veces se enfadaba consigo mismo al comprobar que no encajaban en la estructura que llevaba varios días intentando completar. Ya había desayunado, y todavía en pijama contaba los últimos minutos antes de que su padre le diera la orden que cada día repetía a la misma hora, como buen militar de costumbres impertérritas.

- Se acabó el tiempo. Tienes diez minutos para vestirte.

- Sí, papá –respondió de inmediato, guardando las piezas que le habían sobrado en una pequeña caja de cartón.

Al igual que los soldados con los que trataba su padre a diario, con la misma obediencia y devoción, el chico subió los peldaños de la escalera que llevaba a su habitación. Diez minutos más tarde, tal y como le había indicado el general, descendía perfectamente peinado, luciendo el característico uniforme del selecto colegio de San Rafael. Pantalones grises por encima de la rodilla, americana a juego con el centenario escudo bordado en la solapa, camisa blanca y corbata a rayas azules y rojas. Le dio un beso a su padre y se plantó frente al recibidor, donde ya le esperaba el chófer con su gorra de plato en la mano, acompañado por uno de los miembros del servicio de seguridad. Bajaron la escalinata de la entrada y, tras meterse en el coche oficial, se perdieron entre el tráfico que a esas horas ya colapsaba las calles de la isla sin nombre.

El general había recibido una educación estricta, basada en un enorme respeto hacia su padre, que a menudo cruzaba la invisible frontera con el miedo. Formado en la disciplina y el deber, pasó por varios de los colegios militares más prestigiosos, que le forjaron una personalidad fuerte y poco dada al diálogo. A pesar de haberle deparado una infancia dura, cargada de responsabilidades no acordes a su edad, siempre estuvo agradecido a su progenitor por hacer de él un hombre con inquebrantables convicciones, y su intención era que Diego tuviera esos mismos ideales ante la vida, porque los débiles no tenían lugar en el mundo que él había creado. Nada le haría más feliz que ver a su hijo seguir el camino trazado por sus antecesores y convertirse así en la quinta generación de militares entregados en cuerpo y alma a su patria.

Cualquier otra cosa supondría una gran decepción para el general y un golpe bajo para su orgullo, más aún cuando sobre sus espaldas recaía toda la responsabilidad en lo referente a su formación.

Diego había crecido sin una figura materna en la que apoyarse. Su madre, una joven maestra de escuela perteneciente a una de las familias más acomodadas e influyentes de la isla, había fallecido durante el parto. El general y ella se habían conocido dos años antes, durante una recepción en la embajada estadounidense. Sus ojos se cruzaron entre aquel desfile de smokings y trajes de noche que abarrotaban la sala, y durante unos breves segundos pareció detenerse el mundo. A pesar de la distancia que les separaba, se sintieron tan cerca que creyeron encontrarse uno frente al otro, ajenos a todo cuanto les rodeaba, incluso al vals que sonaba de fondo como testigo del encuentro. Ella estaba resplandeciente, con su cabello azabache rozándole los hombros y un vestido rojo que invitaba a detenerse y recorrer sus curvas de vértigo como quien contempla una obra de arte. Fuiste como una estrella fugaz, solía confesarle Del Potro; una de esas que tan sólo unos pocos afortunados logran presenciar al mirar el cielo. El general se acercó lentamente, desprendiendo seguridad en sí mismo, y le ofreció una copa de champán mientras su mirada no podía zafarse de aquel iris azulado. No soy de las que se dejan impresionar por unas cuantas medallitas, dijo ella mientras le tomaba la copa con una media sonrisa cómplice. El general se quitó la americana y la dejó caer sobre la silla que tenía a su lado. Ahora simplemente soy Alonso. ¿Cuál es su nombre, si puede saberse? Isabela, respondió, pero usted puede llamarme señorita Betancour.

Los ministros ya le esperaban en su despacho para celebrar la reunión semanal, que por motivos de seguridad no tenía un día fijado regularmente, sino que iba variando en función de lo ocupada que el general tuviera la agenda. Lo que sí se repetía de manera habitual era el hecho de que Alonso del Potro hiciera esperar a sus subordinados. Una más de aquellas liturgias de poder que tanto le gustaban. Siempre le había dado importancia a esos detalles, a través de los cuales mandaba un claro mensaje: la jerarquía se respeta. Desde muy pequeño le enseñaron que una vez se perdía ese respeto, ya no se volvía a recuperar jamás. Por ello, y aún más en aquel ambiente castrense donde las puñaladas podían costarte el puesto y la vida, prefería ser temido a ser odiado. Se apretó pausadamente el nudo de la corbata frente al gran espejo ovalado que adornaba el salón, y se adentró en el pasillo que llevaba a su despacho. Al entrar, todos los presentes se pusieron en pie con gesto serio.

- Buenos días, mi general –dijeron, creando un coro perfecto.

- Buenos días. Pueden sentarse.

Los militares ocuparon sus asientos en absoluto silencio, mientras el general se paseaba alrededor de la mesa con las manos a la espalda. Aquella mañana había un único punto en el orden del día: la aprobación de los presupuestos del próximo ejercicio. Alonso del Potro cedió la palabra a Santiago Espínola, ministro de Economía, que detalló cada una de las partidas presupuestarias con un baile de cifras que dejó noqueado a más de uno. Llevaba veinte minutos de exposición cuando se detuvo un instante para beber un trago de agua.

- Todo esto está muy bien –intervino Alberto Miralles, aprovechando la pausa-, pero el gasto militar no puede incrementarse tan sólo un dos por ciento en relación al año anterior. Con la que está cayendo…

El ministro Miralles siempre barría para casa. Dirigía el Ministerio de Defensa con mano de hierro, y en los últimos años lo había convertido en la joya de la corona. La militarización de la sociedad y sus ansias por reducir al enemigo a cenizas le habían reportado aquel estatus del que nadie más disfrutaba por debajo del general Del Potro. Y con su reproche final a Santiago Espínola, no sólo se refería al goteo de militares muertos a manos del Frente de Liberación –el grupo armado surgido tras el golpe de estado-, sino también a la obligada y represiva respuesta del gobierno. La represión costaba dinero. Y el dinero no crecía en los árboles.

- Sé que estamos en un momento complicado –respondió Santiago Espínola-, pero tu ministerio ya se lleva más de la mitad del presupuesto. Tenemos otras prioridades que atender.

- ¿Qué mayor prioridad que mantener a tus compañeros con vida y aplastar a esos hijos de puta del Frente?

Alberto Miralles se puso en pie tras dar un puñetazo sobre la mesa, y ante el cariz que estaban tomando los acontecimientos, Alonso del Potro se vio obligado a intervenir.

- Señores –dijo sin necesidad de alzar la voz para captar su atención-, cálmense. Entiendo sus posturas, pero este asunto lo debemos enfocar desde otra perspectiva. Las detenciones ya no son suficientes. Ni siquiera las ejecuciones. Siempre habrá gente dispuesta a morir por sus ideas, y por eso debemos ir un paso más allá. Pensaba informarles en los próximos días, pero hoy puedo avanzarles algo. Tengo un plan.

Capítulo 4

La luna aún se adivinaba en el cielo teñido de un ocre oscuro, cuando se apagó el sonido de un motor. Gastón Perrone, más conocido como el Chino, aparcó el coche en aquella calle residencial donde las casas, cada una de ellas con un pequeño jardín en su parte delantera, surgían a ambos lados del asfalto. Bajó la ventanilla y procedió a encender un cigarrillo tras voltear entre sus manos un brillante encendedor de plata, cuya carcasa cerró de un golpe seco. Clac. Exhalaba profundas bocanadas de humo en un silencio apenas quebrado por el canto de los grillos. Mantenía la brasa del cigarro escondida en el hueco de la mano y la mirada fija en el número 54 de la pequeña casa que quedaba diez metros más abajo, al otro lado de la carretera, y en la que los rosales invadían la menuda verja verde que delimitaba su espacio. Tras el jardín –bien cuidado, con pequeñas baldosas de piedra que marcaban el camino hacia la entrada- aparecía una vivienda de fachada estrecha, con dos pisos coronados por un tejado de teja rústica. No se adivinaba movimiento alguno desde su posición, pero el Chino Perrone era un profesional y nunca daba lugar a la relajación antes de cumplir con su cometido. Siempre fue así, y esa virtud le había permitido seguir con vida. Ya desde joven tuvo que tratar con lo peor de cada casa, con tipos capaces de vender a su propia madre por dos duros, en algunas ocasiones para prestarles sus servicios, y en otras para ejecutarles a sangre fría. Pero el Chino Perrone siempre aseguraba a sus víctimas una muerte digna, sin rencillas de por medio, sin odio ni ensañamiento. No era nada personal. Hacía su trabajo con la misma normalidad con la que un marinero lanza sus redes al mar en busca de sustento. Vaciaba el cargador, desaparecía sin dejar rastro y cobraba por ello. Por ese motivo era el mejor.

A través del retrovisor vio las luces de un coche avanzar por la carretera tras doblar la esquina. Se mantuvo alerta un instante y destensó los músculos de su cuello cuando el vehículo pasó de largo. Entonces contempló su rostro reflejado en el espejo, y se vio cansado. Pensó en dejarlo, como en tantas otras ocasiones. Demasiada sangre, suficientes muertes a sus espaldas como para no dejarle conciliar el sueño en esas noches en que la conciencia asoma la cabeza y recuerda nombres ya olvidados, rostros que miran con los ojos bien abiertos sin ver ya nada, expresiones detenidas en el tiempo y grabadas a fuego en la memoria. A pesar de caminar por el lado salvaje de la vida, nada ni nadie le había detenido jamás. Tenía la capacidad de olvidar y seguir adelante sin echar la vista atrás. Lo hecho, hecho está, y más vale matar que morir. Ésa era su filosofía. Pero los años no perdonan, y la rutina de la barbarie al final pasa factura. Llevaba demasiado tiempo en el negocio, y en este bisnes, como él siempre decía, cuando no matan las balas, lo hacen los recuerdos.

A pesar de su madurez se mantenía en forma, con ese porte de galán de telenovela que tantos corazones había roto a lo largo del camino. Pelo azabache, siempre peinado hacia atrás con abundante fijador. Ojos rasgados. Barba de tres días. Piel morena, herencia de la familia materna. A su padre ni siquiera lo conoció, pero contaban en el barrio que era un tipo peligroso de gatillo fácil, con buena pinta, de ascendencia italiana, al que llamaban el Tano. El Chino Perrone era elegante y sobrio. Siempre vestía pantalones negros con americanas negras y, dependiendo del pie con el que se levantara aquel día, camisa o camiseta. Negra, por supuesto. Dicen que somos como vestimos y realmente el Chino era como su atuendo: serio, discreto y oscuro.

Apoyándose ligeramente en el volante rectificó su posición al observar a través de las ventanas cómo se hizo la luz en el interior de la casa. La espalda bien pegada al asiento, la cabeza alta, y todos los sentidos en su punto más álgido a la espera de los acontecimientos. Aquel ritual se había repetido en infinidad de ocasiones, pero a pesar de la experiencia adquirida con el paso de los años, siempre existía ese hormigueo en la boca del estómago, ese temor al destino caprichoso que nunca sabes lo que te va a deparar. Hay detalles en manos del azar que escapan a nuestro control, y que pueden mandarlo todo al carajo.

Y el Chino bien lo sabía. Más de una vez estuvo a punto de perder, en aquel juego peligroso que era para él la vida, pero siempre parecía jugar con las cartas marcadas. La justicia era ciega, sorda y muda en las calles por las que Gastón Perrone se jugaba el pellejo cada día, y era consciente de que ante su arbitrariedad, valía más tener un arma a mano que plomo en el corazón.

Sacó lentamente su Colt Gold Cup con cachas doradas de la americana y la dejó descansar sobre sus rodillas, con una suavidad que contrastaba con la violencia que aquella pistola, en manos de quien estaba, era capaz de engendrar. Deslizó sus dedos una y otra vez sobre la empuñadura, que brillaba creando un suave reflejo en el techo del vehículo, mientras su mirada continuaba fija en aquel número de la fachada, como hipnotizado por una voz desconocida que le susurraba palabras de redención ante sus pecados. La luz que se adivinaba a través de las ventanas del inmueble se apagó, y se oyó el rechinar de una puerta que se abría. El Chino Perrone salió del coche y se encaminó hacia la acera, cruzando la carretera que recibía la humedad de aquella mañana que estaba a punto de nacer. Al pasar junto a una farola, ésta dejó de emitir su resplandor tras los últimos coletazos de la noche. Era el momento que estaba esperando. Fue entonces cuando vio salir de la casa a un hombre de mediana edad. Era alto, huesudo, algo desgarbado, y lucía unas pequeñas gafas redondas de montura roja.

Éste cerró tras de sí la pequeña verja de la entrada, y echó un último vistazo al jardín que sus manos habían engalanado con tanto esfuerzo. Abrió la puerta del coche aparcado junto a su casa, un pequeño turismo de color blanco con varias rascadas en los laterales, y se sentó frente al volante mientras su boca dibujaba un gran bostezo que inspiró el aire viciado del interior del vehículo. Al comprobar que el espejo exterior estaba encarado hacia la puerta, abrió la ventanilla y procedió a extraerlo. En ese preciso instante percibió la presencia de una sombra. La figura siniestra del Chino Perrone se materializó en décimas de segundo, y sin mediar palabra, con aquella expresión serena dibujada en el rostro, encañonó a su presa y apretó el gatillo. Un gran chorro de sangre salió despedido, impactando sobre la ventana del copiloto y salpicando todo cuanto encontró a su paso. Con el brazo aún en alto, dio una zancada adelante y remató con tres disparos el cuerpo ya sin vida de aquel hombre que pasó a engrosar la extensa lista de damnificados por la vieja Colt Gold Cup con cachas doradas. El Chino Perrone bajó el arma, emitiendo varios destellos en su trayectoria, como si fuera un blinker transmitiendo un misterioso mensaje en código morse. Otra raya para el tigre. Otro rostro más al que vería en sueños pidiéndole cuentas. Aunque aquello era lo que menos le preocupaba. Tenía claro que jamás abandonaría su doctrina de olvidar y seguir adelante como método de supervivencia ante la vida que le había tocado en suerte. Los sueños, al fin y al cabo, eran sólo eso. Y aunque a menudo se le repetía uno en el que aparecía un niño que le acribillaba a balazos, al despertar comprobaba aliviado, tocándose incrédulo su cuerpo intacto, que seguía en el mundo de los vivos. En definitiva, eso era lo importante. El sudor de una pesadilla desaparecía, pero una bala a traición no daba lugar a más sueños.

Antes de guardar la pistola en el interior de su americana besó ambas cachas doradas con cariño y agradecimiento, como si esas rugosas placas metálicas fueran las mejillas de su compañera de fatigas, la eficiente Colt Gold Cup que jamás le había fallado. El Chino Perrone era un sicario sin escrúpulos pero sabía apreciar la lealtad, una de esas virtudes que tanto escaseaban en el oficio. Con paso tranquilo, como si no hubiera hecho nada de lo que debiera avergonzarse, se dirigió a su coche, y tras encender el motor, que rugía como si le fuera la vida en ello, tomó de nuevo la carretera con dirección a cualquier lugar del que no tuviera que huir.

Capítulo 5

En el aparcamiento del colegio San Rafael, el coche oficial destacaba entre el resto de vehículos. Era negro, de gama alta, y sus cristales tintados no dejaban advertir el interior. El chófer seguía sentado frente al volante, esperando pacientemente que las cinco horas que quedaban por delante hasta finalizar las clases pasaran lo más rápido posible. Minutos antes, el pequeño Diego del Potro y su inseparable escolta habían abandonado el vehículo, e iniciaron el ascenso de la escalinata que daba acceso al imponente edificio que se plasmó ante sus ojos. Diego subió los peldaños dando pequeños saltos, de la mano de aquel hombre que en los últimos meses se había convertido en su sombra. A pesar de su aspecto de tipo duro –cabeza afeitada, larga perilla de pelo rojizo, pómulos prominentes-, trataba al chico con una dulzura inusual, como al hijo que nunca llegó a tener. Y no mentía cuando, en alguna ocasión, le había confesado al general que daría su vida por defender la de Diego.

Al traspasar los muros de aquella reliquia arquitectónica, uno tenía la sensación de haberse transportado a otra época. Los alumnos se colocaban en formación, creando largas filas simétricas en la sala diáfana de la entrada, a través de cuyos ventanales decorados con vidrios de colores se filtraban las primeras luces de la mañana. A las ocho en punto sonó el timbre, y aquel ejército de chicos perfectamente uniformados inició el ascenso hacia las aulas, ubicadas en los pisos superiores. El escolta se situó al final de la última fila, a una distancia prudencial para que Diego del Potro no se sintiera incómodo ante su presencia. Su objetivo era convertirse en invisible a los ojos del chico, y que cuando éste estuviera con sus compañeros dejara de ser el hijo del general Alonso del Potro para convertirse simplemente en Diego: un chaval de ocho años que no había elegido ser quien era. Al llegar al segundo piso se detuvieron, y después de entrar en sus respectivas aulas, cada alumno ocupó su pupitre. Las puertas se cerraron, impidiendo al escolta cruzar aquella frontera sobre la que ya no tenía ninguna jurisdicción. Era territorio prohibido para cualquier hombre armado. Entonces, como cada día, permaneció en pie al otro lado de la pared. Inmóvil y alerta, como un peón defendiendo a su rey en aquel largo pasillo de baldosas blancas y negras que podría recorrer con los ojos cerrados.

Afuera, el chófer escuchaba la radio mientras sus labios sorbían un café a punto de rebosar de uno de esos pequeños vasos de cartón que vendían en las gasolineras. Abrió la ventanilla un par de dedos, y el sonido sucio y metálico de una trompeta se mezcló con la brisa que entró del exterior. Inmerso en la engañosa calma de aquella mañana que despuntaba entre el silencio, maldijo cada una de las horas muertas que debía pasar allí plantado. Odiaba aquella parte de su trabajo y extrañaba los buenos tiempos en que, tras dejar al chico y a su escolta a los pies de la escalinata del colegio, regresaba al palacio presidencial a la espera de nueva orden, presto ante cualquier destino al que le ordenaran dirigirse. Aquel cambio de planes vino provocado por las cefaleas crónicas que le habían sido diagnosticadas a Diego del Potro un par de años atrás. En más de una ocasión el chico les había dado un buen susto, y las visitas al hospital se hicieron habituales. Los dolores de cabeza ahora eran cada vez más esporádicos gracias a su nuevo tratamiento, pero aún así, el general decidió que haría guardia las horas que fueran necesarias, con el vehículo siempre dispuesto ante cualquier urgencia que pudiera surgir.

En el tejado del colegio, camuflada entre las gárgolas de piedra, una figura vestida de negro esperaba impaciente la hora señalada. Había permanecido en aquel lugar desde antes del amanecer, momento en el que aprovechó el cambio de turno de los guardias para trepar por un lateral y esconderse al amparo de aquella noche negra. Agazapado junto al pequeño muro que lo separaba del abismo, sintió el corazón latiendo en sus sienes, y un sudor pegajoso impregnó el tejido del pasamontañas que escondía su rostro. Aquella larga espera le había permitido repasar el plan varias veces. Y cuanto más lo hacía, más dudaba de sus opciones de éxito, hasta llegar a pensar en echarse atrás en el último instante. Sin embargo, la decisión ya estaba tomada. La remota posibilidad de poner al régimen contra las cuerdas estaba en sus manos, y ante esa oportunidad única, el arrepentimiento no era una opción aceptable. Consultaba de forma compulsiva el cronómetro fijado en su muñeca. Una y otra vez. Como un tic que el sistema nervioso no fuera capaz de mantener a raya. Apenas faltaba un minuto para el comienzo de aquella carrera, sin frenos y cuesta abajo, por la delgada línea que separaba el éxito del fracaso. Le sudaban las manos. Otro vistazo rápido al cronómetro. Cincuenta segundos. Inspiró una profunda bocanada de aire que soltó a trompicones, buscando un pequeño rincón de paz en el que guarecerse antes de la tormenta que se avecinaba. Se puso en pie, al borde del vacío, sujeto por una cuerda atada a su cintura de un extremo, y a la cilíndrica chimenea que coronaba el tejado, del otro. Treinta segundos. Lentamente comenzó a descender los dos pisos que le separaban de la ventana, a través de la cual Diego del Potro contemplaba el exterior con la mirada perdida, ajeno a las explicaciones que el profesor acompañaba con su pausado caminar alrededor de los pupitres. Con pequeños movimientos, apoyando los pies en la pared como si caminara por la superficie lunar, fue soltando cuerda sin dejar de mirar los números que se aproximaban al final de la cuenta atrás. Cuando el diez se reflejó en la pantalla frenó su descenso, situándose justo encima de la ventana del segundo piso. Sacó una pistola de la funda que colgaba del hombro izquierdo, contrajo su cuerpo y esperó la señal con la cual daría comienzo el baile.

El chófer había salido del vehículo y se disponía a encender un cigarrillo cuando, al ladear la cabeza, con la llama del mechero escondida en el hueco de la mano, alzó la vista y contempló a aquel hombre colgado de la fachada. Quedó petrificado, sin dar crédito a lo que veían sus ojos. Tardó un par de segundos en reaccionar y adivinar sus intenciones. Entonces, con la urgencia que requería el momento, introdujo medio cuerpo en el coche y agarró el teléfono que descansaba en el salpicadero. Con las manos temblorosas tecleó varios números, sin llegar a tiempo de escuchar el primer tono de la llamada. El vehículo voló por los aires, provocando un estruendo ensordecedor y dejando cientos de piezas metálicas esparcidas en el asfalto del aparcamiento. Ésa era la señal que esperaba el hombre de negro, y al fin su cronómetro se puso a cero. Dirigió un rápido vistazo al coche que ardía en llamas a su espalda, y rápidamente recuperó su posición. Apoyando con firmeza ambos pies sobre la pared, flexionó las rodillas todo cuanto pudo y tomó impulso hacia atrás. La inercia del movimiento logró balancearlo hasta llegar a la ventana y destrozar el cristal con las suelas de sus botas. En el momento en que plantó un pie sobre el suelo, la puerta del aula se abrió con violencia y la silueta del escolta se adivinó un breve instante para desaparecer de inmediato, camuflándose tras la pared del pasillo. El hombre de negro descargó cuatro disparos en dirección a la puerta, y con dos largas zancadas llegó hasta el pupitre donde Diego del Potro contemplaba aterrorizado aquellos ojos brillantes que se adivinaban tras el pasamontañas. Con un solo brazo cogió al chico en volandas, rodeándolo fuertemente, y tras realizar dos nuevos disparos que se incrustaron en el marco de la puerta, se fue por donde había entrado. Un coche con el motor encendido le esperaba abajo. Descendieron a través de la cuerda los escasos metros que les separaban del suelo y se metieron en el vehículo sin mirar atrás. Cuando el escolta se asomó a la ventana con el brazo erguido, aguantando la culata de la pistola con ambas manos y apoyando el dedo en el gatillo, se oyó un derrapar de ruedas, cuya marca quedó plasmada en el asfalto. Apuntó al objetivo y disparó tres balazos que no lograron impactar en los neumáticos de aquel coche que huía a toda velocidad, alejando para siempre a Diego del Potro de su sombra protectora. El vehículo ya se disponía a alcanzar la carretera cuando el escolta consiguió llegar a las escaleras del pasillo y descender unos cuantos peldaños. No le dio tiempo a recorrer los dos pisos que le separaban del exterior. Un rugido indescriptible surgió a través de las paredes del edificio, como si éste hubiera cobrado vida y se desperezara tras siglos sumido en un profundo sueño. La suerte estaba echada, y en esta ocasión no iba a estar de su parte.

Capítulo 6

Pablo Ayala propinó un puntapié a la silla sobre la que estaba alzado, quedando suspendido en el aire, a merced de la soga que le oprimía la garganta. A los pocos segundos empezó a sentir que le faltaba el aire, y en ese instante, ya abandonado a su suerte, visualizó la imagen de Martina. Fue como un destello que impregnó de luz la negra espesura del salón. Lucía un largo vestido blanco, y una corona de flores adornaba su melena rubia. Andaba descalza por la orilla del mar, con los zapatos en la mano y una mueca triste en los labios. A través de la persiana entreabierta, un rayo de sol cruzó el rostro de Pablo Ayala y lo devolvió a la realidad, donde aún podía escuchar las últimas palabras pronunciadas por Martina antes de irse: *nos volveremos a ver*. Cuando ya estaba a punto de perder la conciencia, todo comenzó a temblar, y el techo se vino abajo como un castillo de naipes, llevándose consigo la viga de madera que aguantaba el peso de su cuerpo. El temblor duró tan sólo unos segundos que se hicieron eternos, y los objetos que decoraban el salón se fueron almacenando en el suelo, hechos añicos, enterrados bajo los cascotes que llovían del techo. Pablo Ayala se vio arrastrado por aquella fuerza de la naturaleza que bramaba como un animal herido, y en su caída se golpeó la cabeza contra la pared.

De pronto, todo se detuvo. Una leve brisa apenas perceptible se filtró a través de las grietas surgidas en las paredes, y aquel silencio siniestro, a veces roto por alguna sirena lejana, se hizo denso. Pablo Ayala quedó conmocionado en el suelo mientras un reguero de sangre le resbalaba por la frente. A veces la fortuna se alía con quien menos la persigue. Y eso mismo pensó cuando, al abrir los ojos, se vio resguardado por la viga con la que estuvo a punto de quitarse la vida, y que ahora se la había salvado evitando que el techo le cayera encima. Miró alrededor, desconcertado, mientras una nube de polvo le dificultaba la respiración, y maldijo a la suerte que le había arrebatado el placer de irse de este mundo al que no deseaba pertenecer sin Martina. Ya se veía en aquella playa paseando de su mano. Besándola apasionadamente como si fuera la primera vez. Después harían el amor y dormirían con la placidez de saberse a salvo del zarpazo de esa fiera insaciable que todo lo devoraba. La realidad, sin embargo, era otra. Más cruda y salvaje. Se había quedado solo en el mundo, y el destino no había tenido ni el detalle de aceptar su decisión. Morir. Tan sólo eso. ¿Qué le costaba?, pensó, resignándose a la nueva vida que le esperaba. A pesar de encontrarse aturdido, entre el ruido de las sirenas que ya sonaban cerca, pudo escuchar una voz que provenía del exterior de aquella casa reducida a escombros, y entonces Pablo Ayala gritó con todas sus fuerzas. Las últimas palabras de

Martina en aquella playa de aguas mansas seguían rebotando en su cabeza como una bala sin destino, y comprendió que nada de lo ocurrido sería en vano. Nos volveremos a ver, se repitió.

Aún no podía creer que siguiera vivo tras su intento de suicidio y un terremoto de magnitud ocho en la escala de Richter, pero a pesar de negarse a buscar más explicaciones que no fueran las de una sucesión de increíbles casualidades, de lo que sí estaba completamente seguro era que en esta segunda oportunidad que le deparaba el destino no defraudaría a Martina, y sobre todo no se defraudaría a sí mismo. Los bomberos llegaron allí donde los gritos de Pablo Ayala retumbaban entre las piedras, y en pocos minutos lograron sacarlo sano y salvo. Una aparatosa brecha en la cabeza y varias contusiones por todo el cuerpo. Ése fue el improvisado parte de lesiones que él mismo se hizo al salir del agujero en el que estaba semienterrado. Afuera, a pesar de que la muerte había hecho bien su trabajo, la vida seguía latiendo entre las ruinas, y los gritos de auxilio se mezclaban con las lágrimas más inconsolables. Mientras las ambulancias seguían evacuando a los heridos, Pablo Ayala esperó sentado en un bordillo, abrazado a sus piernas, que apretó fuertemente contra el pecho. ¿Y ahora qué?, se preguntó. Hundió la cabeza entre sus rodillas para aislarse de todo el desastre que le rodeaba, y en la dolorosa soledad de aquel que se sabe un superviviente, rompió a llorar.

Capítulo 7

En la cárcel de mujeres del Faro reinaba el desconcierto. Gran parte de la estructura donde estaban recluidas las presas se había venido abajo. También algunas torres de vigilancia y diversas zonas de los muros que delimitaban el perímetro. Entre las ruinas se podían adivinar los miembros de varios cadáveres sepultados bajo los escombros, y los gritos de socorro se confundían con los ladridos de los perros que vagaban de un lado para el otro, sin saber muy bien qué dirección tomar. En el momento del temblor el patio estaba desierto y las reclusas ya habían sido conducidas a sus celdas, por lo que el número de víctimas se adivinaba elevado. Las funcionarias confinadas en las torres de vigilancia eran las únicas que se encontraban en el exterior del recinto cuando se produjo el terremoto, y no había ni rastro de ellas.

Milagrosamente, de entre la montaña de escombros en que se había convertido la prisión, salieron cinco mujeres, con un intervalo de varios segundos entre una y otra. Como ratas que abandonan un barco a la deriva, escapaban presas del pánico, completamente impregnadas del polvo blanquecino provocado por el derrumbe. Tosían con desesperación, tratando de respirar a bocanadas el aire que todavía no había sido conquistado por la estela de polvo que iban dejando a su paso, pero a pesar de ello no pararon de correr hasta ponerse a salvo. Por su atuendo a rayas podía confirmarse que todas eran presas. Se reunieron en una esquina del patio, lo más lejos posible del edificio en ruinas, y una vez recuperaron el aliento y la serenidad, decidieron que había que actuar con rapidez. Cuatro de ellas pertenecían al módulo de presas comunes y tan sólo una se ubicaba en el de las presas políticas. Se trataba de Elena Velázquez, condenada a veinte años de prisión por pertenencia a banda armada, aunque todas en la cárcel sabían que su final se decidiría mucho antes. Cualquier día al amanecer. Acribillada a balazos en un paredón de fusilamiento junto a alguna de sus compañeras. Ése era el futuro que, tarde o temprano, les esperaba a todos los miembros del Frente de Liberación.

Las cinco fugitivas corrieron con la máxima velocidad que les permitían sus múltiples heridas y contusiones. Una vez traspasado el conjunto de piedras que tan sólo unos minutos antes formaban un muro infranqueable, las presas comunes tomaron la decisión unánime de que Elena Velázquez no las acompañara en su fuga. Estaban convencidas de que su presencia no les traería más que problemas. Y no les faltaba razón. Era sobradamente conocido el hecho de que los militares no tenían la misma simpatía por unos presos que por otros, y si dieran con ellas, lo mejor era tener a Elena Velázquez a varios kilómetros de distancia. Sabían también que el gobierno destinaría muchos más esfuerzos en capturar a una guerrillera, en lugar de emplearlos en la búsqueda de cuatro presas sin ningún tipo de interés mediático, por muy peligrosas que éstas fueran. Todos aquellos motivos sirvieron para que finalmente abandonaran a su suerte a Elena Velázquez, que recuperándose aún del esfuerzo –ligeramente inclinada hacia delante, con las manos sobre las rodillas y el aliento entrecortado- las contempló partir acantilado abajo. Era un camino peligroso, pero al fin y al cabo era el único posible para escapar de una muerte más que segura. Armándose de valor, inició el descenso por la superficie rocosa, asegurando bien las manos y fijando las pisadas firmemente sobre las piedras resbaladizas. Ya casi había perdido el rastro de las cuatro fugitivas que le llevaban varios metros de ventaja, aunque pensó que quizá fuera mejor así. No podía confiar en aquellas desalmadas que, al primer descuido, serían capaces de clavarle un puñal por la espalda. Con los brazos doloridos logró llegar abajo, allá donde acababan las rocas y el mar enrarecido golpeaba su oleaje con violencia. Recordó su estancia en la cárcel del Faro y pensó que cualquier cosa que viviera a partir de entonces sería un regalo del cielo. Una fiesta a la que nadie la había invitado. Y se lanzó al mar. Nadó sin pausa, braceando contra las olas durante un par de horas que le parecieron toda una vida, y justo cuando aparecieron los primeros calambres que la obligaron al fin a detenerse, vislumbró a lo lejos una pequeña cala.

Al ver aquel trozo de tierra, apretó los dientes y siguió luchando contra la lógica que presagiaba un final trágico. Ni ella misma podía explicar de dónde había sacado las fuerzas para llegar hasta allí. Pero lo había hecho. Y ahí estaba, realizando un último esfuerzo que la llevaría al comienzo de su nueva vida como prófuga de la justicia. Salió dando tumbos, tiritando, como si le clavaran un millón de alfileres por todo el cuerpo, y al sentir el refugio de la tierra firme, lejos del mar traicionero que tanto la asustaba, se dejó caer sobre la arena.

Era consciente de que el tiempo jugaba en su contra. El gobierno no tardaría demasiado en montar un operativo en su búsqueda. Imaginó el rostro del general Alonso del Potro al conocer la noticia, y supo con certeza que removería cielo y tierra hasta dar con ella. Sus piernas le pedían una tregua, pero se impuso la idea de salir de allí cuanto antes. Se levantó y siguió el sendero que llevaba monte arriba, dejando atrás sus huellas difusas en la arena. Caminó hasta adentrarse en un camino que se abría entre los pinos que plagaban la ladera, y un rato después, cuando ya no supo ni dónde se encontraba, se detuvo a descansar, exhausta, sentándose sobre un manto de hojas que cubría el terreno. Echó un vistazo a su alrededor y contempló cómo en lo alto del próximo repecho que estaba a punto de abordar podía adivinarse una valla metálica camuflada entre la maleza. Se puso en pie, haciendo crujir sus huesos, y al llegar a ella advirtió que rodeaba una vieja casa abandonada. Le llevó varios minutos escalarla. Las fuerzas ya no respondían. Al pasar al otro lado pudo comprobar que la casa estaba medio derruida, con humedades que se habían acabado por comer la pintura que algún tiempo atrás cubrió la fachada. Había en ella dos grandes ventanales tapados con tablones y una puerta verde entornada. Elena Velázquez tomó una madera que yacía entre las malas hierbas del jardín y se acercó lentamente. Empujó la puerta con la yema de los dedos, y aquel ligero movimiento fue suficiente para que ésta se abriera y dejara entrever el interior. Avanzó unos pasos, alzando la madera que agarró con ambas manos, y fue entrando con sigilo en cada una de las estancias hasta comprobar que no hubiera nadie en la casa. Se detuvo un instante al llegar a la última habitación y revisó los escasos muebles que quedaban en ella, en busca de algo que le pudiera servir de utilidad. Rescató una vieja camisa de franela y un pantalón vaquero roído que había en el armario, y volvió al salón con el gesto relajado. Ya estaba oscureciendo. Después de tantas horas luchando por sobrevivir en aquel entorno hostil, se sintió débil. No había comido nada en todo el día y el run run de sus tripas era ya incesante. Llegado a ese punto, tan sólo deseó quedarse dormida lo antes posible para dejar de sentir aquel agujero en el estómago que no la dejaba tenerse en pie. Se deshizo del uniforme a rayas de la cárcel del Faro y se vistió con su nueva indumentaria que, a pesar de oler a rayos, la mantendría seca durante la noche. Se acurrucó en un rincón, y al instante cayó sumida en los brazos de un sueño que la llevó muy lejos de allí. Al menos durante unas horas olvidaría el infierno del que acababa de huir, sin ser consciente aún de los días difíciles que habrían de llegar.

Capítulo 8

En el palacio presidencial los daños fueron escasos. El edificio, flanqueado por enormes columnas de mármol, aguantó la brutal sacudida como si fuera una brisa nocturna. No hubo que lamentar heridos. Tan sólo algunos desperfectos que serían solventados aquella misma tarde. Los militares, sorprendidos en plena reunión, se refugiaron bajo la gran mesa que presidía el despacho del general, y en cuclillas asistieron al espectáculo que les brindó la fuerza de la naturaleza. Después se incorporaron lentamente, en silencio, mirándose los unos a los otros con el susto aún en el cuerpo, preguntándose si era cierto lo que acababan de presenciar. Encerrados en su torre de marfil todavía no eran conscientes de la magnitud de lo ocurrido, pero afuera, en las calles de aquella isla sin nombre que se desangraba una vez más, la muerte ya se había expandido como un reguero de pólvora.

Entonces todo ocurrió muy rápido. Una mueca sombría en el rostro hundido del general. Un brillo de angustia en sus ojos. Una palabra muda. Alonso del Potro se abalanzó sobre el picaporte de la puerta de su despacho y salió corriendo en dirección al salón. Prendió el teléfono y, tras consultar una pequeña agenda, tecleó tembloroso. Los tonos se sucedieron sin que nadie contestara al otro lado. La inquietud del general se convirtió en miedo. Y el miedo en pánico cuando realizó de nuevo aquella llamada que acabó con el mismo silencio como respuesta. Con un grito urgente llamó a sus escoltas, que se personaron de inmediato ante su presencia. Nunca antes habían visto al general en aquel estado de nervios. Ni rastro del hombre seguro de sí mismo que mantenía a todo un país bajo el yugo de su régimen. Era la suya una mirada ausente, perdida entre los malos pensamientos que le rondaban la cabeza. Y en aquel instante crítico, paralizado frente a un escenario que jamás habría querido imaginar, recobró de pronto esa furia que solían desprender sus ojos. Se revolvió como un animal herido y encaminó sus pasos hacia la puerta principal, con la urgencia de quien sabe que el tiempo está en su contra. Cinco palabras lanzadas al viento fueron suficientes para que los miembros de seguridad echaran a correr hacia el coche que les conduciría al destino indicado.

- ¡Al colegio San Rafael! ¡Rápido!

Capítulo 9

Pablo Ayala fue trasladado al hospital junto a otros heridos leves, después de esperar pacientemente en aquellas calles que parecían un escenario de guerra. El trayecto a bordo de la ambulancia se convirtió en una carrera de obstáculos debido al mal estado de las carreteras, alguna de ellas con grietas que la partían en dos grandes franjas cubiertas de piedras. A través de la ventana trasera comprobó que, a pesar del terremoto, todo parecía en calma. La vida seguía su curso. La gente caminaba entre las ruinas y el cielo se teñía de un azul sucio tras el amanecer. La ambulancia les dejó en la entrada del hospital y retomó su camino en busca de nuevos ocupantes. Al traspasar aquellas puertas que se abrieron a su paso, se topó con un espectáculo dantesco. Una bofetada de realidad que le recordó lo efímera que era la vida. En los pasillos se agolpaban las camillas con heridos de diversa consideración. Los gritos de dolor se mezclaban con los gemidos de gente que lo había perdido todo. Hombres como torres llorando sin consuelo, mujeres con la mirada ausente, niños con el rostro ensangrentado. La tragedia no hacía distinciones. La gravedad de muchos de los afectados que colapsaban el hospital provocó que Pablo Ayala fuera de los últimos en ser atendido. Finalmente logró salir de allí a media tarde, con varios puntos de sutura y un aparatoso vendaje en la cabeza.

Cuando volvió a pisar las aceras por las que caminó sin rumbo, le asaltó la incertidumbre de no saber qué hacer ni a dónde dirigirse. Las calles eran un hervidero de almas asustadas ante una posible réplica del seísmo. Algunas seguían sentadas, formando corrillos en el suelo y haciéndose compañía ante la noche que se avecinaba. Otras buscaban entre los escombros de sus casas, intentando rescatar algunos de sus enseres personales bajo las ruinas. El hecho de encontrar mantas, ropa o una simple fotografía que ayudara a recordar los tiempos felices, convertía el hallazgo en un tesoro incalculable. Deambuló entre los edificios siniestrados, rumiando dónde pasar la noche. Se sentía indefenso y vulnerable ante los zarpazos del destino que, en unas horas, le había arrebatado a Martina y le dejaba desamparado ante un mundo que giraba vertiginosamente hacia el desastre. Entonces pensó en la redacción del periódico. Aquel era el único pilar que todavía sostenía la maltrecha estructura de su existencia, y tomó la decisión de que su fuente de ingresos pasaría a ser, al menos durante esa noche, también su refugio. Cuando llegó se dio de bruces con ese nerviosismo que se respira frente a una noticia de impacto. Conocía bien esa sensación que tanto le gustaba experimentar. Los compañeros corrían por los pasillos y se pegaban a los teléfonos, intentando obtener información de última hora antes del cierre de la edición. Ante el caótico ambiente de trabajo que latía en la redacción nadie reparó en su presencia, y en aquel instante se sintió como un pájaro que observa el mundo desde las alturas, invisible y ajeno al pulso de la vida. Se sentó en una butaca, consciente de que en aquellas circunstancias nadie le dedicaría ni un solo segundo de su tiempo, y esperó a la hora del cierre.

La calma volvió a la redacción tras la tormenta, y Gutiérrez, uno de los más veteranos del periódico, se acercó a Pablo Ayala y le estrechó la mano con firmeza.

- ¿Estás bien? –dijo preocupado, al verle con el vendaje en la cabeza.

- Sí, sólo ha sido un golpe. El terremoto me pilló durmiendo y se me vino el techo encima –contestó, maquillando la verdad.

- Te he visto llegar hace un rato pero me ha sido imposible venir antes a saludarte. El jefe no me ha dejado respirar en toda la tarde –se excusó-. Bueno, ¿qué te voy a contar que no sepas?

- Te entiendo –Pablo Ayala asintió con la cabeza.

- Aunque hoy la ocasión lo requería… No te imaginas las cosas horribles que hemos tenido que presenciar.

- ¿Se sabe ya el número de víctimas aproximado?

- Todavía nadie quiere aventurarse a decir una cifra definitiva, pero después de hablar con el Ministerio del Interior y con los responsables del hospital, yo creo que podríamos estar hablando de hasta quinientos fallecidos.

- Qué barbaridad... ¿Y el general ha hecho ya alguna declaración?

- No ha dado señales de vida. Existe un mutismo muy extraño alrededor del tema. Creo que aún no han asimilado el desastre y hasta mañana no harán ninguna valoración.

- ¿Pero cómo puede ser? –resopló Pablo Ayala-. ¡Han pasado más de doce horas!

- Ten cuidado con lo que hablas. Ya sabes que las paredes oyen –susurró Gutiérrez.

Pablo Ayala miró a su alrededor y comprobó que no había nadie lo suficientemente cerca como para escuchar lo que acababa de decir. Se apoyó en la mesa que tenía a su espalda y, ajustándose la venda que le presionaba la cabeza, dibujó una mueca de dolor.

- ¿Sabes algo de Martina? –preguntó Gutiérrez.

- Nada nuevo. Sigo sin tener noticias suyas –mintió otra vez.

Confiaba plenamente en Gutiérrez después de tantos años trabajando a su lado, pero no quería darle más explicaciones para no hurgar en esa herida tan reciente por la que aún seguía sangrando. No se sentía con fuerzas para volver a retomar el tema de la muerte de Martina y menos aún entre aquellas cuatro paredes. No era el momento ni el lugar adecuado. En aquel instante, el director del periódico abrió la puerta de su despacho y se dirigió lentamente hacia el lugar donde conversaban Pablo Ayala y Gutiérrez. Se deslizaba por la sala con aquel vaivén de hombre exitoso, siempre seguro de sí mismo, y esa media sonrisa impertinente de los que se saben impunes. La vida es actitud, solía repetir, y la suya nunca dejaba indiferente a nadie. Joaquín de la Serna vestía un traje marrón con discretas rayas blancas que le sentaba como un guante. El nudo de la corbata ligeramente aflojado. Su pelo canoso, peinado hacia atrás con abundante gomina, y un bigote bien recortado le daban un aspecto rudo que no desentonaba con su carácter distante. Su ideología cercana al régimen y las buenas relaciones que mantenía con el general le permitían obtener información privilegiada, además de evitar la visita diaria de los censores. Eran innecesarios en el periódico que él dirigía con mano de hierro, porque De la Serna era el primero que jamás publicaría una noticia que dejara en mal lugar a Alonso del Potro, al que ante todo, consideraba un patriota.

- El terremoto, supongo –dijo De la Serna, señalando el vendaje con la mirada.

- Así es. Podría decirse que he tenido mucha suerte.

- No sabes cuánta, muchacho. Hace horas que perdí la cuenta de los cadáveres que no podrán decir lo mismo.

- Un día duro…

- De los peores que recuerdo, pero hemos hecho un trabajo cojonudo, ¿verdad Gutiérrez?

Éste asintió con un gesto cansado, y encendió un cigarrillo antes de alejarse y caer sobre la silla que descansaba frente a su escritorio.

- Por cierto, ¿y tú qué haces aquí? –preguntó De la Serna-. ¿No me habías pedido unos días de vacaciones?

- He venido a pedirte un favor.

- ¿Un favor? –De la Serna frunció el ceño. No era un hombre que se caracterizara por su benevolencia, por lo que si accedía a prestarte su ayuda, debías tener por seguro que se lo cobraría con creces en un futuro no demasiado lejano.

- Mi casa se ha venido abajo y no tengo donde ir. Si pudiera quedarme aquí esta noche, te lo agradecería. Supongo que hay mucho trabajo por hacer todavía.

De la Serna guardó silencio mientras lo observaba con aquella mirada que era capaz de derretir el hielo.

- Está bien –dijo al fin-. Te quedas esta noche pero mañana te buscas otro sitio. Algunos muchachos se van a turnar unas horas en la redacción por si hay novedades. Ponte con ellos.

- Gracias. Te debo una.

- ¿Querrás decir que me debes otra? –dijo mientras le propinaba un par de cachetes en la mejilla.

- Y en lo referente a las vacaciones –apuntó Pablo Ayala-, si no tienes inconveniente preferiría reincorporarme mañana mismo. Lo último que quiero ahora es tiempo libre. Necesito estar ocupado.

- De acuerdo, pero tómate la mañana para solucionar tus problemas. Por la tarde te quiero aquí, limpio y con un techo donde pasar la noche. ¿Estamos?

Joaquín de la Serna cogió un maletín que había junto al colgador de la entrada y dejó a Pablo Ayala con la palabra en la boca, agradeciéndole de nuevo el favor recibido mientras él desaparecía escaleras abajo, silbando entre la oscuridad.

Capítulo 10

El sol acababa de ponerse cuando el general Alonso del Potro se sentó sobre el asfalto. Demasiadas horas luchando contra la lógica, que decía que hallar un soplo de vida bajo la montaña de ruinas en que se había convertido el colegio San Rafael, sería algo parecido a presenciar un milagro caído del cielo. El problema era que, desde la muerte de Isabela, el general había dejado de creer en los milagros y en cualquier cosa que necesitara de un mínimo de fe. La devastación era absoluta, y la esperanza de encontrar supervivientes se llegó a perder, incluso antes de comenzar la búsqueda.

Aquella misma mañana, a su llegada al colegio tras el seísmo, le había recibido un silencio macabro que no auguraba nada bueno. Ni un solo grito de auxilio se escuchó entre los escombros. Al pisar el primer peldaño de la escalinata, que ascendía hasta lo que hacía poco más de veinte minutos era el edificio del colegio más selecto de la isla, vio el coche oficial medio enterrado entre las piedras, desprendiendo aún una humareda negra que el viento se llevaba consigo. Sintió entonces cómo se le retorcieron las entrañas. Su corazón comenzó a bombear a un ritmo frenético, a punto de salírsele por la boca, y algo muy adentro se le removió hasta que las lágrimas comenzaron a enturbiarle la vista. El primer pensamiento que le vino a la cabeza fue un escape de gas en el subsuelo, o quizá una chispa de la red eléctrica que habría alcanzado el tanque de combustible. Nada le hizo sospechar en aquel momento, lo que descubriría horas después.

La luna ya plateaba los cadáveres que se iban acumulando en la carretera, uno tras otro, creando una larga fila que se perdía más allá de la curva de acceso al recinto. Algunos cubiertos con brillantes mantas de aluminio, otros a la intemperie, formaban una escena tétrica que plasmaba lo injusta que había sido la muerte con todas aquellas vidas inocentes. Al llegar la noche, el ejército habilitó cuatro grandes focos para continuar con la desesperada búsqueda del milagro, y bajo la potente luz blanca que desprendían, se siguieron extrayendo cadáveres de entre aquel amasijo de hierro y cristales rotos. Tres más en un intervalo de diez minutos. Las fuerzas escaseaban, pero aún así, el general se puso en pie de nuevo, y se adentró en la zona cero. Poco antes de la medianoche, uno de los miembros de seguridad se aproximó a Alonso del Potro, que a pesar de los indicios que el paso del tiempo iba confirmando, seguía sin resignarse a su suerte. Llegaba arrastrando los pies, cabizbajo, como queriendo encontrar las palabras adecuadas que luego saldrían de su boca.

- Mi general –dijo tras carraspear levemente.

Alonso del Potro giró la cabeza, sin abandonar la incómoda postura que le tenía las piernas acalambradas, y al contemplar aquel rostro desencajado se incorporó lentamente.

- Hemos hallado el cadáver del escolta de su hijo – hizo una breve pausa durante la cual no fue capaz de mantenerle la mirada al general-, y también los cuerpos de los cuatro chicos que faltaban para completar la lista de compañeros de clase. Sólo falta Diego…

Alonso del Potro descendió por la enorme piedra donde malgastaba sus últimas fuerzas en vano, y corrió hacia la zona del hallazgo para comprobarlo con sus propios ojos. Contempló el rostro desfigurado de aquel hombre que yacía sobre el asfalto, aunque no necesitó más de dos segundos para reconocerlo. Es él, dijo sin dudar lo más mínimo. Aquella espesa perilla pelirroja no daba lugar a confusiones. Al general le asaltó entonces una única duda sobre la que intentó arrojar algo de luz: ¿Por qué razón Diego es el único que no ha aparecido? Bajo aquel manto de estrellas que cubría el cielo, caviló todas las posibilidades que se le fueron cruzando por la cabeza. Su último pensamiento le llevó a una opción que ya no le pareció tan descabellada, y la idea de un atentado contra su hijo cobró fuerza. Sin embargo, seguía sin encontrarle un sentido a todo aquello. ¿Por qué explosionaron el vehículo cuando Diego ya se hallaba dentro del aula? – se preguntó-. De pronto, como poseído por un espíritu que acabara de rebelarle la verdad absoluta, tomó el camino que conducía al coche presidencial, y sin volver la vista atrás se alejó de aquel lugar siniestro. Al entrar en el vehículo, cerró la puerta con furia ante la evidencia que se plasmó como un fantasma ante sus ojos. Entonces comprendió que todo el mundo tiene un punto débil. Incluido el todopoderoso general Alonso del Potro.

Segunda parte

SEGUNDAS OPORTUNIDADES

Capítulo 11

Pablo Ayala pasó la noche en el periódico junto a otros cuatro compañeros. Ante la calma tensa que flotaba en el ambiente, esperó con impaciencia que el general Del Potro compareciera ante los medios e informara del número oficial de víctimas. Aunque, vista la opacidad con la que se estaba tratando cualquier tema relacionado con el seísmo, pensó que lo más probable era que el gobierno diera carpetazo al asunto con un simple comunicado del gabinete de prensa. A través de la ventana contempló las hogueras que se repartían a ambos lados de la carretera. Algunas zonas de la isla habían quedado sin suministro eléctrico, y aquel fuego improvisado, avivado por el viento que a esas horas ya soplaba con violencia, sirvió para iluminar los caminos por los que la gente deambulaba sin un techo bajo el que cobijarse. Pablo Ayala se vio reflejado en el cristal y, a pesar del fatídico día que acababa de superar, se sintió un privilegiado por el simple hecho de no tener que pasar aquella noche al raso.

Dos horas antes del amanecer llegó a la redacción un teletipo que eclipsó la catástrofe en la que todos estaban inmersos. Una lista con los nombres y las fotografías de las cinco mujeres fugadas de la cárcel del Faro estaba en manos de Pablo Ayala. Estudió sus rostros detenidamente y leyó sus nombres en voz alta. Éstos venían acompañados por una pequeña relación de datos particulares, entre los que figuraban el delito cometido, la condena impuesta, y el tiempo que llevaban en prisión. Comprobó que de las cinco mujeres, tan sólo una era presa política, y en seguida se dio cuenta de que Elena Velázquez sería la protagonista de su relato. Con el paso de los años, Joaquín de la Serna ya era como un libro abierto para él, y sabía que Elena Velázquez se iba a convertir en su objetivo número uno. Era el blanco perfecto al que atizarle en aquellos momentos, en que se necesitaban noticias nuevas que hicieran olvidar el terror que había sufrido la isla tan sólo unas horas antes. Y si esas noticias estaban relacionadas con el Frente de Liberación, De la Serna sería el hombre más feliz del mundo. Un niño con zapatos nuevos.

Se puso manos a la obra en la preparación de una edición especial sobre la fuga, a la espera que llegara De la Serna a primera hora de la mañana, como hacía cada día sin excepción, ya fuera laborable o festivo. La información no entiende de horarios ni de calendarios, solía decir. Su entrada triunfal coincidió con las siete campanadas que escaparon del viejo reloj de pared que colgaba en su despacho. Dejó en la entrada su maletín y un largo paraguas negro, y sin perder un segundo avanzó por la redacción con paso firme, desprendiendo aquella energía contagiosa que cualquier otro mortal envidiaría a esas horas tan tempranas.

- ¡Quiero una primicia! –gritó a pleno pulmón-. ¡Y la quiero ya!

- Tengo una que te va a encantar –respondió Pablo Ayala, apostando sobre seguro.

Al conocer la noticia de la fuga, Joaquín de la Serna dibujó una sonrisa maliciosa que le iluminó el rostro e hizo brotar sus colmillos sedientos de sangre subversiva. Tal como Pablo Ayala había pronosticado, desde el primer momento tuvo una especial predilección por aquella mujer de mirada despierta, que parecía un ángel caído del cielo.

- Mira lo que tenemos aquí –dijo De la Serna, gozando con cada palabra que salía de su boca-. Una putita del Frente de Liberación jugando al escondite.

- Elena Velázquez. Le cayeron veinte años – informó Pablo Ayala.

- Si me dejaran a mí a esta gentuza, ya te digo yo lo que les iba a caer.

- ¿Nos centramos en ella?

- Por supuesto. Quiero saberlo todo. Hasta la talla de sus bragas.

A los pocos minutos la redacción ya estaba repleta de gente, y los teléfonos comenzaron a sonar sin la más mínima tregua al silencio. Pablo Ayala se disponía a descolgar el suyo, cuando De la Serna lo detuvo poniéndole una mano en el hombro.

- ¿Anoche no te dije que te tomaras la mañana libre? –preguntó.

- Sí, Joaquín.

- Pues ya sabes dónde está la puerta –dijo señalándola con la mirada-. Aprovecha bien el tiempo para buscarte un techo y una cama. Nos vemos después de comer. Ah, y date una ducha. Apestas.

Pablo Ayala asintió, como solía hacer ante cualquier orden dictada por De la Serna, y se dirigió a la salida sin nada que llevar consigo. Todo lo que le quedaba era la vida, aunque la mantuviera a regañadientes. Sintió un vació sobrecogedor y un vértigo a lo desconocido que le hizo erizar la piel. Lo único que le reconfortaba era que ya no tenía nada que perder. Al abrir la puerta oyó el silbido de De la Serna, dirigiéndose a él como un pastor a sus ovejas, y volvió la cabeza en un acto reflejo. Encontró su rostro serio, en el que nunca se desdibujaba aquella mirada afilada, y sin que sirviera de precedente, recibió un cumplido que, a pesar de su brevedad, le alegró la mañana que ya empezaba a despuntar.

- Buen trabajo.

Capítulo 12

Elena Velázquez se despertó temblando de aquella pesadilla que la transportó a tiempos pasados. Con frecuencia le acechaban los recuerdos de la mañana en que fue secuestrada por aquellos hombres con trajes negros y gafas oscuras. Parecía revivir con el mismo dolor el momento en que la sacaron de su casa en volandas, rozando la hierba del jardín con la punta de los pies, y tras taparle los ojos con una venda que contenía restos de sangre seca, la metieron en un coche. Condujeron durante diez minutos en absoluto silencio hasta que el vehículo se detuvo. Fue tan sólo un instante. Unos pocos segundos tras los cuales reanudaron la marcha, descendiendo por una rampa pronunciada. Elena Velázquez dedujo que se trataba de un garaje, y al percibir aquel intenso olor a humedad que entró por la ventanilla, se reafirmó en su teoría. La llevaron a una pequeña habitación. Allí fue desprovista de la venda que le cercenaba la visión, y al mirar a su alrededor, lo único que encontró entre aquellas cuatro paredes desconchadas fue un fluorescente que tintineaba una luz verdosa y una vieja camilla con correas. Entonces se acurrucó en un rincón, paralizada por el pavor que le hacía sentir aquel lugar nauseabundo que apestaba a orín, y hundió la cabeza entre sus piernas. Poco después recibió la visita de dos hombres. Uno era alto y fuerte, de espalda ancha y mandíbula pronunciada. Lucía una barba bien recortada y el pelo corto, rapado en los laterales. El otro, de estatura media, complexión delgada y unos ojos color cielo que contrastaban con el rojizo de su cabello, tomó la voz cantante.

- Hola Elena –pronunció con tono amable-. Supongo que ya sabrás por qué estás aquí, así que espero que no nos hagas perder el tiempo. Cuanto antes nos digas lo que queremos saber, antes saldremos todos de este asqueroso agujero.

Elena Velázquez continuaba sentada en el suelo con la mirada ausente, incapaz de mover un solo músculo. Sabía que estaba a punto de sufrir uno de los momentos más dolorosos de su vida, pero durante el trayecto hacia aquella sala de los horrores, se convenció de que prefería morir por sus ideas a tener que convivir el resto de sus días con el remordimiento de haber delatado a alguno de sus compañeros.

- Sólo queremos un nombre y una dirección. ¿Quién os transmite las órdenes? –prosiguió el pelirrojo que llevaba las riendas de la situación.

Elena Velázquez ignoró ésta y el resto de las preguntas que le fueron formulando, hasta que la paciencia de los dos hombres se agotó. El más corpulento la agarró de ambos brazos y la levantó sin el más mínimo esfuerzo, estampándola contra la pared de un golpe seco. Al soltarla, su cuerpo se deslizó por la mohosa pared y cayó al suelo. Fue a por ella de nuevo, sin concederle una mínima tregua para recuperar el aliento, y asiéndola del cabello la puso en pie de un tirón, antes de propinarle dos sonoras bofetadas que quedaron marcadas en su rostro. El tipo grandullón parecía no tener sangre en las venas. Actuaba sin inmutarse, como si aquella violencia desatada fuera incluida en el sueldo. Le agarró ambas manos y la maniató con firmeza. No tenía prisa. La experiencia le decía que la tortura se cocinaba a fuego lento y que siempre se acababa por hablar. Entonces la cogió por la cintura y, tras alzar su cuerpo enjuto, la colgó de un gancho que sobresalía del techo. Elena Velázquez suplicó sin éxito, mientras se sucedían los puñetazos en el estómago.

- Para ya –se escuchó desde el fondo de la habitación.

El pelirrojo, que permanecía como mero observador en una esquina, apareció de entre las sombras para situarse de nuevo bajo la luz parpadeante. Extrajo un cigarrillo con parsimonia, siguiendo un ritual que tan sólo él conocía. Lo golpeó varias veces contra la palma de su mano, y antes de encenderlo ladeó la cabeza con los ojos entornados. Dos profundas caladas bastaron para llenar de humo el pequeño habitáculo que se volvió irrespirable. Detuvo sus pasos junto al cuerpo que pendía del techo y, después de observarlo con una mueca lasciva, sonrió.

- Te voy a dar una última oportunidad, preciosa. Quiero una respuesta ya, o no sales viva de aquí. Sabes que nadie te va a echar de menos porque no eres más que un pedazo de mierda.

Elena Velázquez le miró a los ojos y comenzó a reírse a carcajadas, activando el único mecanismo de defensa que pudo improvisar ante la muerte que ya estaba llamando a su puerta. Sin embargo, aquella risotada irreverente que retumbó entre las paredes de la habitación fue el preámbulo de un alarido inconsolable, nacido de la lumbre del cigarrillo que el pelirrojo apagó sobre su pecho. Elena Velázquez seguía gritando de dolor cuando los dos hombres salieron del cuarto, dejándola allí colgada, como una res a punto del despiece. Tardaron media hora en volver. El persistente silencio como respuesta les obligó a continuar con su receta infalible para ablandar a las personas parcas en palabras. La ataron de pies y manos a la camilla, y ahí fue cuando Elena se despidió de cuanto quería en este mundo. Sin oponer resistencia se entregó a los brazos de una muerte inevitable, y tras varias horas de golpes y descargas eléctricas, perdió la consciencia. Al volver en sí se vio tumbada en una cama, frente a una pequeña ventana con barrotes. Lo que aún no sabía en aquel instante era que, tras un breve juicio sumarísimo, había sido condenada a veinte años de prisión y que acababa de caer en las garras de la cárcel de mujeres del Faro.

El mal sueño revivido continuó rondando por su cabeza durante unos segundos al despertar en aquella casa destartalada. Decidió levantarse y no perder más tiempo en el pasado. Le esperaba un presente incierto que la tragedia le había servido en bandeja de plata. Aprovechando la luz que a aquellas horas se filtraba entre los tablones de las ventanas, dio un último repaso a todas las estancias de la casa. Lo único que encontró fue un pequeño cuchillo con el mango de madera y unas tijeras que descansaban sobre la encimera de la cocina. Con cuidado los introdujo en el bolsillo trasero del pantalón, y los ocultó dejando caer la camisa por debajo de la cintura.

La casa se veía pequeña cuando Elena Velázquez se detuvo en el medio del camino y volvió la mirada. Aún le quedaba un buen trecho por recorrer hasta llegar a su destino, pero a pesar del hambre y el cansancio que minaban sus fuerzas, tenía claro que debía huir de aquel lugar y llegar a la ciudad lo antes posible. No le quedaba otra opción que correr los riesgos que fueran necesarios para poder contactar con sus compañeros y permanecer escondida durante algún tiempo. Había esquivado a la muerte en tantas ocasiones, que ya no le imponía ningún respeto tentarla de nuevo.

Capítulo 13

Alonso del Potro había convocado una reunión extraordinaria a primera hora de la mañana. Los ministros acudieron puntualmente al despacho del general y presenciaron con gran asombro que les esperaba en pie, recibiendo los primeros rayos de sol que entraban por la ventana. Nunca antes se había dado aquella circunstancia, pero los excepcionales acontecimientos del día anterior bien lo merecían. Cada uno de los miembros del gobierno se apresuró a acercarse al máximo representante del régimen para darle un caluroso apretón de manos. No sabían de qué otra forma ofrecerle su apoyo ante la terrible tragedia ocurrida en el colegio San Rafael. Del Potro agradeció aquel gesto espontaneo con una sonrisa mal dibujada en sus labios, y les ordenó sentarse para iniciar los asuntos que allí les habían congregado.

- Como bien saben –dijo desabrochándose la chaqueta del uniforme para tomar asiento-, el nombre de mi hijo es el único que no aparece en la lista de fallecidos en el colegio San Rafael, donde ya se ha confirmado que no hubo supervivientes. Por tanto, y hasta que se demuestre lo contrario, Diego sigue desparecido.

Al escuchar sus propias palabras, el general sintió un atisbo de esperanza, aunque aún no hubiera confirmado ninguna de las hipótesis que tenía sobre la mesa. Se levantó lentamente y, situándose detrás de la silla, apoyó los brazos en el respaldo para continuar con su discurso.

- Según los detalles de que dispongo, cabe la posibilidad de que Diego esté en manos del Frente de Liberación. Hay testigos que han afirmado escuchar un gran estruendo momentos antes del terremoto, que correspondería a la explosión que hizo volar por los aires el coche oficial que trajo a Diego al colegio. Por suerte, mi hijo ya estaba en el aula cuando ocurrió el atentado.

- ¿Y su escolta? –preguntó alguien desde el fondo del despacho.

- Su cuerpo ha aparecido entre los escombros. Eso nos confirma que ambos estaban en el edificio. Lo que aún no sé es por qué no pudo evitar que se llevaran a Diego. Ni tampoco sé cómo lo sacaron de allí. Pero les aseguro que lo vamos a averiguar.

Del Potro hizo una pausa y, apoyándose en la pared que quedaba a su espalda, miró por la ventana algún punto indescifrable en el que se perdió un instante. Trató de imaginar la escena, pensar como aquellos tipos que habían perpetrado lo que parecía un truco de magia, ponerse en su piel, adelantarse a su próximo movimiento. Pero no fue capaz. Tan sólo podía pensar en liberar a su hijo cuanto antes y preparar un pelotón de fusilamiento para sus captores.

Entonces volvió la mirada hacia la mesa del despacho, donde todos le observaban con el rostro compungido.

- A la espera de algún comunicado de esos hijos de puta, quiero a todos nuestros efectivos en las calles, buscando debajo de las piedras si es preciso.

El general paseaba con pasos lentos alrededor de la mesa, mientras los ministros seguían con la mirada su incesante caminar y asentían cada palabra que salía de su boca.

- También quería informarles que como consecuencia del terremoto de ayer, se produjo la fuga de cinco reclusas de la prisión del Faro, entre las que se encuentra una militante del Frente de Liberación. El comandante Miralles, como Ministro de Defensa, se encargará de preparar el dispositivo de cerco. Los periódicos ya han publicado sus fotografías en una edición especial. Supongo que no hace falta que les diga cuál es nuestra prioridad.

- Claro que no, mi general. Cazaremos a esa zorra –respondió Miralles, relamiéndose ante la idea de darle un buen escarmiento.

- Y como último punto a tratar –prosiguió el general- destacaría el que tiene que ser nuestro objetivo en las próximas semanas: intensificar la vigilancia y redoblar esfuerzos para capturar a la cúpula del Frente. Ahora es el momento. Gracias a nuestra labor están más debilitados que nunca, con más miembros dentro de la cárcel que en las calles. Sin embargo, eso les hace peligrosos e impredecibles. Son como un animal herido. Ayer les avancé que tenía un plan, y hoy ya les puedo informar que uno de nuestros hombres se ha infiltrado en su organización para dinamitarla desde dentro.

Los militares se miraron unos a otros, intentando averiguar si alguno de ellos ya estaba advertido de aquella noticia que cayó como una bomba. No podían creer que una operación de ese calibre se hubiera llevado en secreto, sin contar con la participación de ningún miembro de la cúpula militar.

- Está realizando un trabajo excelente –dijo Del Potro, obviando el murmullo que se creó a su alrededor-. En menos de seis meses ya ha escalado puestos en su estructura. Pero hay que ser pacientes, porque llegar a conectar con la cúpula requiere su tiempo.

- ¿Y quién es el topo, mi general? –preguntó el comandante Espínola.

- No se lo tomen a mal, pero por motivos de seguridad no puedo darles esa información. Sin embargo, no duden que les mantendré puntualmente informados ante cualquier novedad. Por ahora, tan sólo puedo decirles que su nombre en clave es Lince.

Capítulo 14

La ciudad había cambiado de rostro cuando Pablo Ayala abandonó el periódico. Los restos de las improvisadas hogueras repartidas por toda la isla continuaban desprendiendo leves columnas de humo negro que daban al lugar un aspecto apocalíptico. Una luz tenue y naranja se filtraba por los recovecos de las calles, y moría entre las sombras que abrazaban la humedad de la mañana. El ejército había tomado cada esquina con el fin de evitar el pillaje, ante la gran cantidad de comercios cerrados y casas abandonadas por el alto riesgo de derrumbe. Y por si no fuera suficientemente trágico el presente al que debían enfrentarse aquellos militares rasos, la noticia de la fuga de la cárcel del Faro, difundida ya a esas horas por los medios de comunicación, elevó la alerta antiterrorista al máximo nivel. Corrían malos tiempos para defender la seguridad del Estado y la de su propio pellejo.

Pablo Ayala bajó la avenida por la que tantas veces había paseado de la mano de Martina, pero no reconoció en ella más que algún edificio intacto y un par de farolas de forja que aún se mantenían en pie. Aquella era otra ciudad, aunque siguiera latiendo a pesar de las adversidades. Se detuvo frente a uno de los pocos bares que permanecían abiertos y miró a través del cristal, antes de entrar y sentarse en una de las mesas del fondo. Llevaba más de veinticuatro horas sin dormir, y otras tantas sin probar bocado. Pidió un café con leche y un par de tostadas mientras ojeaba el periódico que acababa de dejar el repartidor en la puerta. En portada, tal como había indicado Joaquín de la Serna, una fotografía aérea a toda página plasmaba la magnitud del desastre. Sobre ella, un titular escueto: *Devastación Total*. Después de desayunar salió a la calle de nuevo y continuó caminando sin pensar en nada. Sólo quería recibir un poco de aire fresco en la cara y escuchar el rumor del mar. Sus pasos cansados le fueron marcando aquel ritmo triste que le condujo a su destino de manera involuntaria, como un autómata sin voluntad propia. Sin darse apenas cuenta llegó al lugar donde se dirigía: una plaza en la que antes del seísmo se alzaba una gran estatua del general, que ahora descansaba medio quebrada sobre un manto de adoquines. Pablo Ayala despertó de su ensoñación y comprobó que aquel lugar le seguía trayendo a la memoria recuerdos imborrables. Se dirigió al número ocho, una de las casas de estrecha fachada que rodeaban la plaza, e inspiró hondo sin saber aún las palabras exactas que iba a utilizar. El frontal del edificio era amarillo y contrastaba con el rojo de la puerta flanqueada por dos pequeños ventanales con rejas laboriosamente trabajadas. A pesar de advertir un timbre negro ubicado junto al marco, agarró el llamador de la puerta –una simple argolla con una gran bola en su extremo inferior-, golpeó tres veces, y esperó. Al abrirse la puerta apareció ante él un hombre alto, delgado, con el pelo ondulado y barba espesa, y sin mediar palabra fundió a Pablo Ayala en un caluroso abrazo que inmediatamente fue correspondido.

Capítulo 15

Al ver su fotografía en los periódicos, el corazón de Elena Velázquez comenzó a palpitar de manera convulsa. La edición especial de Joaquín de la Serna había salido a la calle con una tirada excepcional y grandes titulares sobreimpresionando un cartel al más puro estilo far west: dead or alive. Abandonó rápidamente el quiosco en el que se había detenido un instante y continuó su marcha –cabizbaja y mirando de reojo a ambos lados- hacia la gasolinera que quedaba cien metros más abajo. Llegó sobresaltada a su destino, rogando porque ninguno de los militares que merodeaban la zona se hubiera percatado de su presencia. Tras echar un último vistazo, empujó con determinación la puerta del baño de señoras y entró en cada uno de los urinarios para comprobar que no hubiera nadie. Después se miró al espejo y sufrió un ataque de nostalgia al ver en su imagen reflejada qué poco quedaba de aquella joven inocente que años atrás se había unido a las filas del Frente de Liberación. Educada en el seno de una familia obrera de clase media, el golpe de estado había empujado a sus padres al exilio y a ella a la lucha armada. Nadie sabe cuánto puede cambiar la vida de un día para el otro hasta que no lo sufre en carne propia, y fue en ese preciso momento cuando Elena Velázquez se hizo mayor de un plumazo. Ahora, plantada frente al espejo de un baño hediondo, un calor asfixiante fue conquistando cada centímetro de su cuerpo hasta sentir aquel fuego trepando por las paredes del estómago. Era el odio, que brotaba con furia al recordar aquellos días grises. Y cuando Elena Velázquez se preguntó en qué diablos se había convertido, apartó la mirada de la imagen raquítica que tenía enfrente y se limitó a encogerse de hombros, sin querer advertir la verdad que el espejo le escupía a la cara. Entonces extrajo las tijeras del bolsillo trasero de su pantalón y sin la más mínima vacilación procedió a cortar con dificultosas embestidas los cabellos rubios que había tensado previamente con la otra mano, dejando escapar entre sus dedos los mechones que se desprendían como las hojas de un árbol. Finalizada la tarea, una suave brisa acarició su nuca desnuda, erizándole la piel. Se agachó para abrir el grifo del lavamanos, cuando una mujer de mediana edad entró en el baño, cerrándose la puerta a su espalda. Después de dar varios pasos, con sus ojos en busca de algo en el interior de su bolso, levantó la vista y se detuvo en seco al ver a Elena Velázquez con las tijeras en la mano y los mechones de su cabello desperdigados por el piso de baldosas color ocre. La expresión de su rostro no daba lugar a equívocos. Había reconocido aquella cara que acababa de ver en los periódicos. La fugitiva del Faro. Dead or alive. Sin darle tiempo a reaccionar y con un rápido movimiento, Elena Velázquez llegó hasta la mujer, que había quedado petrificada, maldiciendo por dentro su mala fortuna. Mantuvo su pecho contra la espalda de ella, y mientras con una mano le tapaba la boca, con la otra incidió las tijeras en su cuello, realizándole un ínfimo rasguño en la piel.

- Señora, no se ponga nerviosa. Si colabora, esto no será más que una mala experiencia que querrá olvidar cuanto antes. Métase ahí –indicó señalando uno de los compartimentos del baño- y desvístase.

La mujer obedeció, y con las manos temblorosas cedió su vestido y su bolso a Elena Velázquez, que se cambió de ropa en el aseo contiguo. La nueva imagen que ofrecía, nada tenía que ver con la chica que tan sólo unos minutos antes se le había aparecido en el espejo. Ahora parecía una mujer respetable, y no una fugitiva en busca y captura. Por un instante recordó cómo era su vida antes de que el general Del Potro la destrozara en pedazos, y se preguntó entre dientes si sus padres serían capaces de reconocerla.

- No se mueva durante diez minutos. Después lárguese de aquí. Y ni una palabra a nadie –dijo con una mueca dura en su rostro-. En el bolso tengo todos sus datos, y me imagino que no querrá que le haga una visita a domicilio…

Elena Velázquez abrió la puerta del baño con sigilo y, tras enfundarse unas gafas negras que había encontrado en el bolso, se confundió entre la gente que ya empezaba a pulular entre las ruinas de la isla sin nombre.

Capítulo 16

Alonso del Potro permaneció inmóvil en su despacho tras finalizar la reunión. Se quedó solo, con las manos en los bolsillos del pantalón y un tic nervioso en el pie derecho, que golpeaba el suelo con insistencia. No podía dejar de pensar en Diego, y mirando al cielo maldijo a Dios por llevarse a Isabela tan pronto. Ella habría sabido utilizar en cada momento las palabras oportunas para mantener intacta la esperanza de hallar a Diego con vida. Desde aquel día en que se encontraron –deslumbrado él por su belleza, enfundada ella en un elegante vestido rojo–, hasta el instante final de su último aliento en una camilla de hospital, siempre fue así. Sabía encontrarle el lado positivo a la desgracia más calamitosa. El general en cambio, tan sólo pensaba en cómo devolver el golpe recibido, pero multiplicado por un número de tres cifras, y el odio que brotaba de sus ojos entornados no hacía más que desviarle del objetivo de volver a tener a Diego entre sus brazos.

Se sentó frente al escritorio, con los codos apoyados en la mesa, y tapándose el rostro con sus grandes manos trató de concentrar sus energías en imaginar qué demonios se le hubiera pasado a Isabela por la cabeza en aquellos momentos de desesperación. Segundos después se aflojó el nudo de la corbata, y rompiendo el silencio dijo: agradecida. Se calló de nuevo. Incluso, estaría agradecida –continuó- a aquellos hombres por haber salvado a Diego de una muerte segura bajo los escombros.

El sonido del teléfono devolvió al general a aquella habitación que desprendía un intenso aroma a venganza, a pesar de adivinar el perdón de Isabela en sus pensamientos. Con la mirada perdida en el paisaje que se plasmaba al otro lado de la ventana, descolgó el auricular con un movimiento pausado, y suspiró.

- Del Potro al habla.

- Lince, mi general –respondió una voz masculina que, a pesar de su tono grave, no podía disimular su juventud-. No tengo mucho tiempo, así que iré al grano.

- Espera –interrumpió el general bruscamente-. Antes de nada, debo informarte de un asunto.

- Usted dirá, señor.

- Creo que Diego ha sido secuestrado. Y todo parece apuntar a tus nuevos amigos.

- ¿Cómo que creo? ¿Qué ha ocurrido?

- El colegio San Rafael se derrumbó a causa del terremoto, y el de Diego es el único cuerpo que no ha aparecido sepultado bajo los escombros. Pero lo más llamativo es que el coche oficial voló por los aires momentos antes de que la tierra comenzara a temblar.

- No me lo puedo creer –respondió Lince, aturdido ante la noticia-. Desde luego, tiene el sello del Frente pero no le puedo confirmar su autoría. A mis oídos no ha llegado nada relacionado con un golpe de esas dimensiones. Imagino que algo tan gordo se habrá gestado y ejecutado desde arriba.

- No cabe duda. Habrá muy poca gente involucrada para evitar filtraciones. Necesito que averigües todo lo que puedas.

- Así lo haré, mi general.

Lince mantenía su conversación con Del Potro, pero una parte de su mente se evadió en busca de indicios, de posibles detalles que se le hubieran podido pasar por alto durante los últimos días. Intentaba recordar conversaciones, palabras lanzadas al viento que evidenciaran algo de lo que se estaba fraguando desde las altas esferas. Un guiño, un susurro, una pista, un vocablo fuera de contexto. Nada extraño, resolvió al fin. Ante aquella decisión sin retorno por parte del Frente de Liberación en su apuesta a todo o nada por acabar con aquel régimen sangriento, Lince llegó a la conclusión de que debido a ese hecho sin precedentes se vería obligado a meter las narices en agujeros mucho más profundos. La repercusión ante semejante noticia sería enorme en el instante en que saliera a la luz, y eso le obligaría a exponerse más de la cuenta para llegar lo antes posible a la punta del iceberg. Ahí sería cuando de verdad se iba a jugar el pellejo con tipos ante los que cometer un error te costaba la vida.

- ¿Qué tenías que contarme con tanta urgencia? – preguntó Del Potro.

- Ayer tuve una reunión. Me citaron a las siete de la tarde.
- ¿Dónde?
- En el Bar Central.
- ¿Cuántos eran?
- Tres. Dos chicos jóvenes y un tipo de unos cuarenta y pocos años que transmitía las órdenes.
- ¿Cómo era ese hombre?
- Rubio, pelo corto, barba bien recortada, corpulento, de gran estatura. Medirá más de un metro noventa. En ningún momento nos dijo su nombre.
- ¿Y el motivo de la reunión?
- Para comunicarnos que se está preparando un atentado. Todavía no nos han informado de la fecha ni el objetivo, pero me da en la nariz que será alguien importante. Y es inminente.
- ¿Y por qué citaron a tres personas para realizar un único atentado?
- Creo que nos están tanteando para comprobar si estamos listos y no nos tiembla el pulso cuando llegue el momento. Ya sabe que con tantas detenciones están bajo mínimos. Hoy nos volveremos a ver en el parque de Santa Clara a las cinco en punto, junto al quiosco.
- Perfecto.

El general mantuvo el auricular en su posición mientras rumiaba con rapidez las posibilidades que aquella noticia le brindaba. Tras unos segundos en silencio, volvió a dirigirse a Lince, que mantenía la comunicación con impaciencia.

- Te presentarás a esa reunión, escucharás con calma lo que ese tipo tenga que deciros y te largarás de allí. El resto es cosa mía.

- A sus órdenes, mi general.

- Esta tarde espero tu llamada. A las ocho en punto.

- De acuerdo. Debo dejarle…

La comunicación se interrumpió y varios pitidos intermitentes sonaron hasta el instante en que Alonso del Potro dejó descansar el auricular en el cuerpo de un viejo teléfono negro. La decepción se plasmaba en aquella mirada que volvía a perderse más allá de la ventana en busca de respuestas. Había esperado durante horas la llamada de Lince, deseando que su apuesta personal para acabar con aquella pesadilla aportara algo de luz sobre la oscuridad que lo envolvía. A pesar de la falta de información sobre el destino de Diego, el general confiaba ciegamente en aquel joven que se estaba jugando la vida entre las líneas enemigas. Sabía a ciencia cierta que jamás le iba a fallar. Prefería aferrarse a su valor y lealtad sin límites antes que esperar un golpe de suerte o ponerse en manos de un Dios del que hacía tiempo que no tenía noticias. Sin embargo, Lince no era su única baza. Si algo caracterizaba a Del Potro era el no ser hombre de jugárselo todo a una carta. Solía esconder un as en la manga que siempre decantaba la partida a su favor, por muy cuesta arriba que ésta se pusiera, y su as, en este caso, tenía nombre y apellidos.

Capítulo 17

Pablo Ayala siguió con la mirada a su amigo, el doctor Ricardo Mendizábal, que caminaba por el salón de su casa con una taza de café en la mano, escuchando atentamente los detalles de la muerte de Martina. Al oír aquellas últimas palabras que salieron de la boca de Pablo Ayala, se detuvo bruscamente.

- ¿Estás seguro de lo que dices? –preguntó con un gesto de preocupación.

- Pues claro que estoy seguro, joder. Me informó mi fuente del Ministerio. Y ese tiene ojos en la nuca.

Ricardo Mendizábal negó con la cabeza, y con ese semblante serio, entre incrédulo y compasivo, abrazó de nuevo a su amigo con fuerza. Y ahora qué, le preguntó rompiendo aquel silencio frío. Ahora nada, contestó Pablo Ayala sin abandonar el abrazo que les fundió en un solo pensamiento con nombre de mujer.

Se habían conocido a través de Martina. Ella y Ricardo Mendizábal eran ya inseparables desde su época de estudiantes, mucho antes de que Pablo Ayala se cruzara en sus vidas. Sentían con la misma intensidad esa pasión por la medicina, que se había convertido en el motor de su existencia. La vida suele juntar a gente con las mismas inquietudes, y ellos formaban parte de esa élite elegida para llevar a cabo grandes cosas. Fantaseaban sobre cómo serían sus vidas en un futuro que adivinaban lejano y que sin darse cuenta les fue ganando terreno hasta verlos convertidos en dos auténticas eminencias, cada una en su especialidad. Su deseo de trabajar juntos se materializó al fin cuando coincidieron en el hospital de la isla. Ricardo Mendizábal se convirtió en el jefe del servicio de oncología y Martina en la máxima responsable de la unidad de pediatría. Fueron años intensos, de dedicación absoluta, guardias, horas extras, pastillas para dormir y una vida social escasa, hasta el día en que apareció Pablo Ayala. Su irrupción provocó un vuelco en Martina, que comenzó a disfrutar de los pequeños placeres de la vida al margen de una actividad profesional plagada de éxitos. Le hizo abrir la mente a nuevas experiencias, le insufló oxígeno, le aireó una vida que olía a naftalina. Ricardo y Pablo también congeniaron desde el primer momento. Los tres lo habían hablado tantas veces… Os liberé de la esclavitud, solía bromear Pablo Ayala.

Ricardo Mendizábal volvió a caminar alrededor del salón, pero ahora se movía con lentitud, como si el hecho de ver a su amigo en ese estado de letargo hubiera provocado también en él un decaimiento vital. Cada gesto le costaba un mundo y las palabras de Pablo Ayala le hicieron pensar en todas las pérdidas que ya portaba en el camino.

- ¿Por qué Martina? –se preguntó Pablo Ayala sin esperar más respuesta que simples lugares comunes-. Jamás la vi meterse en líos…

Ricardo Mendizábal tomaba el café a pequeños sorbitos que finalizaban con un breve sonido que hacía menos desgarrador el silencio. Se detuvo frente a la ventana y, tras observar la soledad de las calles que morían como ríos en aquel mar de adoquines, la abrió de par en par. El aire de la mañana en la cara le despejó todas las dudas y sintió cómo la adrenalina se amotinaba por sus venas. Decidió que al menos le diría una verdad a Pablo Ayala. Merecía saberlo. Había llegado la hora de derribar un muro que se había hecho lo suficientemente alto como para no dejarle contemplar las estrellas en esas noches en que se veía obligado a dormir con un ojo abierto. Devolvió entonces la mirada al interior de la casa, y en aquel breve trayecto encontró los ojos de Pablo Ayala, que seguían observando cada movimiento de su silueta a contraluz.

- Pablo, debo contarte algo importante.

La respuesta de Pablo Ayala no llegó a concretarse. Se oyeron dos fuertes golpes en la puerta que abortaron la confesión. Y seguidamente otros dos, que evidenciaron la urgencia de quien estaba al otro lado.

Capítulo 18

Joaquín de la Serna fumó aquel cigarrillo como si fuera el último, hasta el punto de lograr que la lumbre en combustión invadiera la envoltura color marrón del filtro, creando un intenso olor a papel quemado. La gran estantería situada a su espalda –repleta de libros y archivadores de todos los tamaños- recibió el humo de aquella última exhalación, impulsado por el aire que entró a través de la ventana. Aquel era el lugar donde Joaquín de la Serna se sentía fuerte. Tantos años al frente del periódico le habían proporcionado algo que pocos civiles poseían en aquella isla tomada por las armas: poder. Era consciente de aquella realidad y no desaprovechaba la mínima ocasión para hacer ostentación de sus contactos frente a los colegas de profesión, quienes solían mirarlo con más temor que desprecio.

Sentado sobre la mesa de su despacho observaba una fotografía de Elena Velázquez, aprisionándola fuertemente con ambas manos. Sus ojos deseaban penetrar en la instantánea como si de un ingenioso truco de magia se tratara, y adentrarse en los siniestros pensamientos de aquella mujer hasta que finalmente le confesara en qué lugar se hallaba escondida. La fotografía había sido tomada desde una de las torres de vigilancia de la prisión del Faro, y en ella aparecía

Elena Velázquez sentada en el patio, ataviada con un uniforme a rayas, sucio y destartalado, que casi con toda seguridad habría pertenecido anteriormente a algún cadáver joven y hermoso, tal y como su cuerpo sin vida, algún día se lo cedería a cualquier otra reclusa con la muerte colgada a sus espaldas.

La imagen de la fugitiva a toda página en la portada de su periódico, esposada y flanqueada por dos soldados bajo un enorme titular en mayúsculas, se desvaneció de los pensamientos de Joaquín de la Serna cuando el teléfono sonó sobre la mesa del escritorio. Dos tonos después, tras tomar asiento en su butaca de piel marrón, descolgó el auricular y pronunció su nombre como un ladrido, brusco y seco ante la inoportuna interrupción. Una voz de hombre, áspera y contundente, contestó al otro lado.

- Señor De la Serna, tengo un mensaje que deberá comunicar inmediatamente al general Del Potro. Es de conocimiento público que usted y ese asesino hacen buenas migas…

- ¿Cómo? Escuche, hijo de puta…

- No. Escúcheme usted –replicó aquella voz, aumentando notablemente el tono-. Y escúcheme bien porque no se lo voy a repetir.

Se hizo un tenso silencio durante el cual De la Serna quedó expectante ante aquel hombre sin rostro, que parecía retarle a volver a interrumpir su discurso.

- Soy miembro del Frente de Liberación y tengo en mi poder al hijo del general. Existe una realidad inamovible e innegociable, y es que Alonso del Potro no volverá a ver a su hijo con vida.

- ¿Pero se han vuelto locos? ¿Van a ejecutar a sangre fría a una criatura inocente?

- Eso no dependerá de nosotros, sino de su padre. Las instrucciones son claras y precisas. Dentro de dos días, durante los actos conmemorativos del quinto aniversario del golpe de estado, Del Potro subirá al estrado para pronunciar su discurso. A las once en punto de la mañana, tal como está previsto. Justo en ese instante desenfundará su pistola y se pegará un tiro en la sien sin mediar palabra. Inmediatamente después liberaremos al chico.

- Dios santo –pronunció Joaquín de la Serna en un susurro ininteligible.

- Ahora bien, si no cumple mis órdenes tal y como le acabo de explicar, cortaremos al pequeño Diego en pedazos, y cada navidad le enviaremos al general un trocito de su retoño para que no se sienta solo en unas fechas tan señaladas. Hasta pronto.

- Oiga…

Aquella voz misteriosa había dejado a Joaquín de la Serna con la palabra en la boca y un nudo en la garganta. Paralizado ante el impacto de las palabras que acababa de escuchar, inspiró el aire viciado que flotaba entre aquellas cuatro paredes y lo expulsó lentamente, intentando que los latidos de su corazón retomaran su ritmo habitual. Aún con el auricular en la mano y la mirada vacía, comenzó a teclear un número de teléfono que se sabía de memoria y que tantas otras veces le habían llevado a conseguir información privilegiada. El general Del Potro contestó a los pocos segundos, y De la Serna pronunció la única frase que se le vino a la cabeza en aquel momento de confusión.

- Alonso, soy Joaquín. ¿Estás sentado?

Capítulo 19

La oscuridad invadía cada uno de los rincones de aquella habitación en la que el pequeño Diego del Potro continuaba hacinado. Mantenía los ojos abiertos, a pesar de no ver absolutamente nada más allá del negro abrumador que se expandía a su alrededor y se hacía espeso, consiguiendo adentrarse en su mente tomada por el miedo. La noche había sido larga debido a esos severos dolores de cabeza que le torturaban durante horas, aunque en realidad Diego no fuera capaz de confirmar con seguridad el fin de aquella noche y el inicio de una nueva mañana. No tenía ninguna referencia para diferenciar el día de la noche. Se orientaba a través de la bandeja de comida que recibía puntualmente, según el contenido de la cual podía distinguir entre desayuno, almuerzo o cena, y así adivinar vagamente las horas. La única luz de la que podía disfrutar durante su estancia en aquel agujero provenía de la pequeña lámpara que descansaba sobre su mesita de noche. Diego estiró el brazo, palpando su superficie en busca del interruptor, que no encontró. Cuando procedió a incorporarse para agarrar el cable que le condujera a su objetivo, un leve resquicio de claridad penetró en el cuarto a través de la puerta que acababa de abrirse lentamente. Ernesto Garfella asomó la cabeza, justo en el momento en que el chico consiguió hallar el interruptor y encender la lámpara. Sus ojos se encontraron, pero Diego del Potro desvió la mirada de inmediato y pensó en algo que le hiciera sonreír. Daba la impresión de que le ganaba la batalla a las horas traspasando con la imaginación aquellas paredes que le retenían lejos de casa. Se vio a sí mismo volando entre las nubes con el pelo atolondrado, a punto de aterrizar en la escalinata del colegio San Rafael, de nuevo intacto frente a sus ojos, piedra sobre piedra. Y la subía corriendo, y entraba hasta la recepción, con sus espectaculares vidrieras de colores, y luego en el aula, donde le esperaba su padre sentado en un pupitre y mirando por la ventana, como a él le gustaba hacer.

- ¿Estás mejor? –dijo Ernesto Garfella con tono amable.

Diego del Potro ignoró la pregunta, manteniendo su mirada ausente y sus pensamientos muy lejos de allí, mientras una lágrima le recorría la mejilla.

- Tomaré ese silencio como un sí. Voy a prepararte el desayuno. Supongo que tendrás hambre.

La puerta se cerró y el agudo sonido de un tintineo de llaves se adivinó tenue entre el eco de aquellos pasos firmes que se fueron alejando por el pasillo. El chico se arrulló sobre el colchón en busca de la calidez que aquel lugar desposeía, arrugando la blanca camisa y los pantalones grises del selecto colegio San Rafael. Cerró sus ojos, apretándolos con la rabia de quien se siente cautivo, y ante ese gesto desesperado, un convencimiento fuera de toda duda le llenó de serenidad. Papá vendrá a buscarme, se dijo en un susurro, con la certeza que le daban sus años junto al general. Sabía perfectamente que si su padre se proponía alguna cosa, nada ni nadie sería capaz de detenerlo en su empeño, e imaginó aquella puerta oscura cediendo ante los golpes, y la esbelta figura del general aparecerse en forma de negra silueta, recortada por la escasa luz que se filtraba en las paredes del pasillo. Sin embargo, fue Ernesto Garfella quien entró de nuevo en el cuarto, deslizando sus pies a través de las baldosas blanquecinas hasta detenerse frente a una antigua mesa de madera, ubicada en una esquina de la habitación. No hubo palabras. Tan sólo una mirada furtiva sobre el chico, que continuaba hecho un ovillo, soñando con villanos y héroes que aparecían en el último instante para liberarle de aquella prisión oscura. Dejó descansar sobre la mesa una bandeja con leche y cereales, y tal como había aparecido se marchó, cerrando la puerta tras de sí.

Lo que el pequeño Diego del Potro no imaginaba, era que aquella sería la última vez que vería al tipo que horas antes le había sacado en volandas por una ventana con dos pisos de altura bajo sus pies.

Capítulo 20

Ricardo Mendizábal se plantó en el recibidor con tres ágiles zancadas, decidido a deshacerse del intruso que golpeaba su puerta a aquellas horas y que había osado interrumpir su tardío arrebato de sinceridad con Pablo Ayala. Su mano izquierda se apoyó bruscamente sobre el picaporte dorado que el paso del tiempo había logrado desgastar, y al abrir la puerta con una firme maniobra, un fantasma con rostro de mujer se plasmó ante él. Era diferente a como la recordaba, pero sin duda era ella. Aquellos ojos de gata, de un azul tan intenso que hipnotizaban al contemplarlos, dejaban huella en la memoria de cualquiera que se cruzara con ellos. Su corazón se aceleró durante los escasos segundos en que el silencio tomó la palabra, y transcurrida al fin aquella breve eternidad tras la cual Ricardo Mendizábal volvió al mundo terrenal, pronunció su nombre como un niño que profiere una palabra malsonante, con ese temor a ser descubierto y castigado. La tomó de la mano lentamente, sin desviar la mirada de aquellos ojos felinos que parecían tan cansados, y al franquear el umbral, la mujer que acababa de escapar de la muerte se sintió a salvo.

- Pensé que no te volvería a ver –confesó Ricardo Mendizábal sin salir aún de su asombro.

- Pues ya ves. A veces la vida te sorprende y ofrece segundas oportunidades.

- ¿Pero cómo has conseguido…?

Pablo Ayala apareció ante ellos, devolviendo a la situación un silencio que esta vez era frío e incómodo. Si dicen que una imagen vale más que mil palabras, la de aquella expresión dibujada en su cara equivalía a todo un discurso sobre la incredulidad.

- Elena Velázquez –dijo Pablo Ayala, pronunciado lentamente cada una de las sílabas de aquel nombre que la pasada noche se había cruzado en su camino.

Como si aquella expresión absorta fuera contagiosa, Ricardo Mendizábal la adoptó como suya, y mirando a ambos invitados con rápidos movimientos, se detuvo en el rostro desencajado de su amigo.

- ¿Os conocéis?

- No precisamente –contestó Pablo Ayala-. Ya veo que todavía no has leído los periódicos.

- ¿De qué estás hablando?

- Mejor que te lo explique tu amiga. Seguro que te puede informar con todo lujo de detalles que yo aún desconozco. Por cierto, ¿desde cuándo te juntas con fugitivas que tienen las manos manchadas de sangre?

La pregunta fue como un puñetazo en el estómago, que Ricardo Mendizábal encajó con absoluta resignación. A fin de cuentas, había decidido contarle la verdad, y la inesperada aparición de aquella mujer no era más que otro motivo que le obligaba a hacerlo.

- Fue el terremoto… -dijo Elena Velázquez, que de inmediato se vio interrumpida por Ricardo Mendizábal.

- Espera, Elena. Antes Pablo debe saber la verdad.

- ¿Qué ocurre? –preguntó Pablo Ayala, volviendo a retomar esa estampa estupefacta que había abandonado brevemente.

- Ella no es la única que tiene las manos manchadas de sangre. Yo también soy miembro del Frente de Liberación.

- Venga, no me jodas Ricardo –masculló con una sonrisa nerviosa.

- Es la verdad. Y además debo contarte otra cosa –dijo Ricardo Mendizábal antes de tragar saliva-. Tras el golpe de estado varios compañeros decidimos dar un paso adelante y tomar las armas. Y entre aquellos compañeros también estaba Martina. Ella nunca quiso contarte nada porque pensaba que jamás aprobarías su decisión. Siento decírtelo así pero no podía ocultártelo por más tiempo.

- No puede ser. Martina nunca…

Pablo Ayala dejó en suspenso aquellos pensamientos lanzados en voz alta que le aseguraban que no, que ella nunca sería capaz de empuñar un arma y disparar a sangre fría, que la Martina que pasó tantos años junto a él era leal y sincera, que todo era una broma de mal gusto.

Las campanas de la iglesia sonaban cuando Pablo Ayala abandonó la casa de un portazo, dejando flotar en el ambiente aquella última palabra hueca que salió de sus labios. *Nunca*. En tiempos tan oscuros, pensó Ricardo Mendizábal, un nunca es papel mojado. Es una promesa con fecha de caducidad, que depende de la necesidad y de la injusticia que un corazón sea capaz de tolerar.

Capítulo 21

El Chino Perrone permanecía sentado en su sillón rojo de escay, con los pies cruzados sobre la pequeña mesa de wengé en la que descansaba un solitario vaso de whisky con hielo. Solía decir que nunca era demasiado pronto para tomarse el primer trago ni demasiado tarde para el último. En el estéreo, Gardel cantaba aquello de *Tengo miedo del encuentro / con el pasado que vuelve / a enfrentarse con mi vida,* con su voz portentosa y triste. Toda una premonición de lo que estaba por llegar. Le vinieron a la cabeza imágenes de un pasado lejano, en el que la violencia y la muerte ya eran sus compañeras de viaje. Recuerdos marcados a fuego, a una edad en la que nadie debería ver lo que sus ojos vieron. Intentó empezar de cero, lejos del lugar en el que la barbarie se volvía rutina, pero a pesar de huir de aquella tierra de la que conocía hasta el rumor del viento que viraba en las esquinas, el destino le volvió a poner una pistola entre las manos para hacer lo que mejor sabía. Tantas veces pensó en volver, pero ni el orgullo ni su pasado se lo habían permitido. Regresaré para exhalar mi último aliento, se decía, cuando la muerte me acorrale sin opciones. Y a la espera de ese día, se desahogaba rescatando recuerdos entre los huecos de la memoria y maldiciendo los aviones que nunca habría de tomar.

El timbre de la puerta sonó con dos breves tonos que devolvieron al Chino Perrone a la isla que era su refugio, a miles de kilómetros de la tierra que lo vio nacer. Ni tan siquiera conocía aquel estridente sonido porque nunca antes lo había escuchado. Gastón Perrone no tenía familiares ni amigos, por lo que nadie le visitaba en la intimidad de aquellas cuatro paredes que, con el paso del tiempo, se convirtieron en su hogar y su patria obligada. Se incorporó con un movimiento rápido y preciso que le hizo alcanzar su Colt Gold Cup con cachas doradas, y apagó la voz de Gardel, que quedo devorada por el silencio. Sus sigilosos pasos le llevaron a situarse junto a la puerta, y a la voz de quién anda, otra voz conocida respondió un nombre que le hizo temer que nada bueno podría augurarle aquella visita. Cuando abrió la puerta, la figura de Alonso del Potro se plasmó ante sus ojos, y sintió la mirada fría del general clavándose en ellos, como un puñal en las entrañas. Del Potro se adentró en el apartamento con paso firme y tomó asiento sin pedir permiso, mientras el Chino Perrone cerraba la puerta, no sin antes echar un vistazo a ambos lados del pasillo. A pesar de la arrogante entrada en escena del general, Gastón Perrone no era de los que se dejaban intimidar fácilmente. Llevaba muchos años de trinchera a las espaldas y no menos golpes esquivados a la muerte como para perder los nervios a estas alturas. Avanzó con toda la lentitud que le fue posible hacia donde se encontraba sentado el general y dejó su

Colt Gold Cup sobre una pequeña estantería repleta de libros. Tras retroceder unos pasos se apoyó en la pared y encendió un cigarrillo con el encendedor de plata que siempre guardaba en el bolsillo de su pantalón. Mientras exhalaba la primera bocanada de humo, creando precisos círculos que se iban deformando en extrañas figuras imposibles, el Chino Perrone miró a los ojos al todopoderoso Alonso del Potro y le lanzó dos preguntas.

- ¿A qué debo el honor de su visita, señor Del Potro? ¿Algún problema con el último trabajo?
- Ninguno. Perfecto, como siempre –respondió sin quitarle el ojo de encima-. Certero y silencioso.

El general se incorporó levemente y colocó sobre la mesa un maletín negro con cierres dorados.

- Aquí tienes el resto del dinero y el pago íntegro del que será tu próximo trabajo. Para que veas que mi confianza en ti es absoluta. En realidad, ése es el motivo de mi visita, y no me andaré por las ramas porque en este asunto no hay tiempo que perder. Mi hijo ha sido secuestrado y no conozco a nadie mejor que tú para que lo encuentre y me lo devuelva sano y salvo.

El Chino Perrone estaba en lo cierto. Las malas noticias habían llamado a su puerta. Sus pensamientos se perdieron en el blanco de la pared, plasmando un cuadro abstracto cuyos trazos oscilaban entre la responsabilidad que estaba obligado a asumir y la preocupación ante el fracaso en su intento por dar con el paradero de Diego del Potro. Era la primera vez que aquella sensación le rondaba en la boca del estómago. En el fondo sabía que el general no sería nada comprensivo ante cualquier desenlace que no fuera devolverle a su hijo con vida. Esta vez no se trataba de aquel habitual hormigueo que siempre le acechaba ante el peligro, sino más bien de un presentimiento irracional que le heló la sangre.

- ¿A qué esperas? –preguntó el general-. Ábrelo.

El Chino Perrone presionó ambos cierres, produciendo un sonido hueco, y levantó la tapa del maletín. Tras examinar su interior, trató de disimular su impresión al ver tanto dinero junto.

- ¿No es demasiado? –dijo el Chino Perrone mientras deslizaba el dedo pulgar por uno de los fajos de billetes.

- ¿Te preocupan mis finanzas? No sabía que además de sicario eras mi contable.

- Disculpe, señor.

- Con la vida de mi hijo en juego no voy a escatimar en gastos. Si me lo devuelves de una pieza, te aseguro que vivirás como un rey hasta que te coman los gusanos.

- No se preocupe. Haré lo imposible para que pronto esté de vuelta en casa.

- Lleva esto siempre contigo –dijo el general mientras dejaba sobre la mesa un pequeño teléfono móvil-, y mantenme informando ante cualquier novedad.

El Chino Perrone asentía mientras la lumbre del cigarrillo avanzaba desesperadamente a través del fino papel que reposaba entre los dedos. Sus ojos retomaron aquel brillo de excitación ante lo imprevisible, como en tantas otras ocasiones en las que se había visto al borde del abismo, pero entonces comprendió que esta vez era diferente. Se observó con detenimiento desde la distancia que marcan los años y no le gustó lo que vio. Estaba cansado de luchar contra el destino que irremediablemente le arrastraba hacia una muerte siempre al acecho, y ahí fue cuando decidió que éste sería su último trabajo. Sin darse más explicaciones a sí mismo ni preguntarse los motivos. Sintió que así debía de ser y así sería. Si lograba su objetivo, el general le recompensaría con el dinero suficiente como para huir bien lejos y vivir durante un tiempo despistando a esos fantasmas que tarde o temprano acabarían por volver. Siempre se había preguntado cómo sería esa extraña sensación de doblar la esquina sin temor a recibir una bala marcada con su nombre, y el general le estaba dando la oportunidad de averiguarlo.

- Esta misma tarde empieza el baile. A las cinco en punto se reunirán varios miembros del Frente de Liberación junto al quiosco del parque de Santa Clara. Tu objetivo es un tipo de metro noventa, rubio, con barba. Supongo que no es de los que pasan desapercibidos –informó Alonso del Potro, basándose en la descripción que le había ofrecido Lince-. Del resto olvídate. Quiero que le sigas allá donde vaya, y cuando tengas la oportunidad sácale toda la información que puedas. No hace falta que te diga lo que debes hacer con él cuando haya dado respuesta a tus preguntas.

Alonso del Potro se levantó del sillón con la misma seguridad con la que había entrado al apartamento pocos minutos antes. Al llegar a la puerta volvió la mirada hacia el Chino Perrone, que continuaba apoyado en la pared, pensando todavía en cómo iba a salir de aquel jardín en el que acababa de meterse.

- He pasado por alto un pequeño detalle –apuntó el general-. Sólo tienes dos días, y esta vez es improrrogable. He sido víctima de un chantaje del que alguien tendrá que salir con los pies por delante. O ellos, o yo.

El general volvió a sumir al Chino Perrone en la soledad de la que nunca hubiera querido desprenderse, tras pronunciar aquellas tres últimas palabras que evidenciaban que, definitivamente, había quemado todas sus naves. *Confío en ti.*

Capítulo 22

Pablo Ayala anduvo durante horas entre edificios apuntalados y calles desérticas, sin un destino al que dirigirse. Abrumado por el descubrimiento de aquella farsa en la que había vivido los últimos meses, sus pensamientos trataron sin éxito de encontrar una explicación a la falta de confianza depositada en él, tanto por parte de Martina como de su amigo Ricardo Mendizábal. Al igual que los destellos de un faro que aparecen intermitentes en la noche, le abordaron imágenes de aquellos tiempos en que se bebían las noches contándose historias junto a la barra de un bar, entre risas y humo de cigarrillos. Recordó con una triste sonrisa en los labios aquella madrugada en la que los tres acabaron bañándose desnudos en el mar, mientras en la arena húmeda descansaba una botella con dos dedos de ron como testigo. La luz de la luna dibujaba un sendero plateado sobre el agua en calma, cuando Ricardo Mendizábal abandonó aquel idílico escenario en busca de una posición horizontal más acorde a su estado, dejando a los amantes la oportunidad de dar rienda suelta a sus instintos en el manso vaivén de la marea, bajo un cielo que transformaba lentamente su espesura negra en un azul que ya comenzaba a vislumbrarse. Pablo Ayala sintió en su piel el tacto de Martina, su hermoso y joven cuerpo de curvas imposibles acercándose sinuosamente bajo el mar oscuro, su beso húmedo que detuvo aquel momento como si no fuera a nacer un nuevo día, su sabor a sal, sus manos descendiendo hasta alcanzar el sexo erguido y palpitante, llevándoselo hasta el suyo con el ansia de un deseo incontenible, sus muslos rodeándole la espalda, la boca abierta buscando el aire sereno de la mañana ante las embestidas que la hicieron gemir, rompiendo el silencio.

La histriónica sirena de una ambulancia le apartó de los brazos de Martina y de aquella lejana madrugada que olía a esperanza. Miró con desgana el reloj –todavía con la mente instalada en la añoranza de los días felices-, y continuó su camino a través de las calles estrechas que conducían al periódico. Gutiérrez le daba a la tecla cuando Pablo Ayala traspasó el umbral de la puerta y dijo buenas tardes, con un aspecto bien diferente al de la jornada anterior. Ya no portaba aquella aparatosa venda en la cabeza y su ropa polvorienta lucía ahora limpia y planchada, por gentileza de su amigo Ricardo Mendizábal, al que en el fondo de su alma, bajo una espesa capa de rencor, quería seguir considerando como tal a pesar de lo ocurrido.

- ¿Novedades?- preguntó Pablo Ayala mientras se ubicaba en su mesa repleta de papeles.

- Negativo. Elena Velázquez continúa en paradero desconocido y De la Serna con un humor de mil demonios... Como de costumbre –bromeó Gutiérrez sin levantar la vista del ordenador.

Si tú supieras, pensó Pablo Ayala al recordar la imagen de Elena Velázquez entrando en aquella casa de la que él había huido dando un portazo. Sin duda, su aspecto era diferente al de la fotografía que unas horas antes había pasado por sus manos, pero a pesar de la extrema palidez de su rostro, de la delgadez casi enfermiza de sus facciones, del cabello corto que variaba su fisonomía, seguía manteniendo esa mirada inconfundible que no daba lugar a equívocos. Aquellos ojos felinos eran más concluyentes que una huella dactilar o una prueba de ADN. Eran su seña de identidad y a la vez su mayor punto débil ante la necesidad de pasar inadvertida.

- ¡Niñas, al salón! –vociferó Joaquín de la Serna al salir de su despacho en dirección a la sala de reuniones.

Todos y cada uno de los presentes en la redacción dejaron aparcado en aquel instante cuanto estuvieran haciendo y, a través del largo pasillo que moría en un enorme despacho con vistas a la avenida, siguieron a su director, como si fueran una tropa de ratones hipnotizados y Joaquín de la Serna un flautista encantador. Sabían con conocimiento de causa que la gran sala de reuniones no se abría ante cualquier trivialidad. Aquello significaba urgencia a la vista, hombres a la calle en busca de respuestas, horas de espera dentro de un coche, cigarrillos consumidos en cualquier garito de mala muerte junto a informadores de la peor calaña. Incógnitas, en definitiva, que De la Serna quería ver despejadas, y las quería para ayer. Cerró la puerta con una delicadeza impropia de su estilo y se dirigió sin demora a su público, que ya se encontraba sentado alrededor de una gran mesa de madera oscura.

- No me andaré con rodeos, porque en este asunto nos jugamos mucho. Diego del Potro, el hijo del general, ha sido secuestrado por el Frente de Liberación.

Las primeras caras de asombro dejaron paso a murmullos que acabaron convirtiéndose en conversaciones paralelas entre los miembros de la redacción allí reunidos. Pablo Ayala desvió su mirada hacia la ventana, a través de la cual vislumbró un cielo sereno. En el azul celeste, enmarcado por aquel cuadrado de aluminio blanco, volvió a visualizar los ojos que se le habían grabado a fuego en la memoria, y sospechó que Elena Velázquez, a esas horas, ya estaría informada de la noticia que les había congregado en aquella sala.

- ¡Silencio, coño… que esto parece un patio de colegio!

La llamada al orden de Joaquín de la Serna vino acompañada de un certero golpe en la mesa que enmudeció las voces que se habían alzado en busca de respuestas a los interrogantes, que a su vez, conducían a otros con una incógnita aún mayor que la anterior.

Cada cual a su manera trataba de asimilar aquella bomba informativa y las posibles consecuencias que iba a generar a su alrededor: horas sin dormir, cafeína en vena, y alguna que otra bronca de Joaquín de la Serna, que dejó bien claro –con aquella cara de pocos amigos y la vena del cuello a punto de estallarle-, que no estaba por la labor de escuchar conjeturas, sino de obtener informaciones veraces que pudieran salvarle el pellejo al pequeño Diego, y en consecuencia a su padre.

- Os quiero a todos en la calle –continuó De la Serna-. Consultad a cada una de vuestras fuentes, tirad de antiguas agendas que tengáis en el fondo de los cajones, visitad a cualquiera de esos tipejos de los bajos fondos con los que tanto os juntáis. Me importa un carajo si tenéis que agredir, sobornar o amenazar de muerte, pero antes del cierre quiero tener sobre mi mesa algo con pies y cabeza. Y a quien me traiga cualquier información de mierda que yo mismo pueda conseguir con una llamada de teléfono, le meto mi paraguas por el culo. ¿Estamos?

Se abrió la sesión y cada uno de los asistentes se levantó con gesto serio –tal vez pensando en el largo y puntiagudo paraguas de De la Serna-, con la única intención de salir lo antes posible de aquella sala que tan sólo se abría para recibir malas noticias. Cuando el primero de ellos ya abordaba el pomo de la puerta, De la Serna llamó la atención del grupo con un simple chasquido, ante el cual todos se giraron.

- Una última cosa. Dentro de tres horas el general Del Potro dará una rueda de prensa e informará del secuestro de su hijo. Busca la participación ciudadana como el último clavo ardiendo al que agarrarse. Por tanto, ya sabéis que estas primeras horas son cruciales, porqué una vez salga la noticia nos inundarán con llamadas diciendo que han visto al niño hasta en la sopa.

Joaquín de la Serna miraba a los ojos de sus hombres con firmeza, pasando de unos a otros con la seguridad y el convencimiento que tan sólo él sabía transmitir. A pesar de no compartir con ellos los detalles de la inquietante llamada que aquella misma mañana había conseguido ponerle los pelos de punta, De la Serna confiaba en sus muchachos, y estaba convencido de que al final del día podría llamar a su amigo Alonso del Potro e informarle de alguna buena noticia que le devolviera mínimamente la esperanza. En ese recorrido de miradas intensas, detuvo la suya en las dilatadas pupilas de Pablo Ayala, que parecía estar en un mundo ajeno al de aquellas paredes que retenían la tensión de una jornada que no había hecho más que comenzar.

- ¡Ayala, espabila, que pareces un pasmarote! – gritó De la Serna, dedicándole a su pupilo otra de esas lindezas a las que le tenía acostumbrado-. Ya te estás poniendo las pilas porque Gutiérrez y tú os vais a cubrir la rueda de prensa. Y los demás a lo suyo, que hay mucho que hacer y poco hecho.

Como los tripulantes de un barco que se hunde en el medio del océano, cada uno de los asistentes a aquella reunión de urgencia abandonaron la redacción a la carrera, escaleras abajo, perdiéndose poco después entre las sucias calles de la ciudad que lentamente despertaba de su pesadilla. Sin duda, la noticia más importante del año era un dulce demasiado apetitoso como para no intentar ser el primero en quitarle el envoltorio e hincarle el diente.

Capítulo 23

Los niños jugaban a la pelota en el parque de Santa Clara como suele hacerse a esa temprana edad, con aquel entusiasmo que les empujaba a perseguir el esférico sin ningún orden ni concierto, precipitándose en ocasiones sobre la tierra rojiza que recibía sus zancadas en un mar de piernas en movimiento. A su alrededor, frondosos plataneros delimitaban la explanada que servía de improvisada cancha, y de la cual surgía un sendero flanqueado por jardines de exuberantes flores y hierba recién cortada. Al final del camino, junto a un antiguo quiosco regentado por una mujer con profundas arrugas que evidenciaban el paso del tiempo en su rostro, Lince esperaba que dieran las cinco en punto. No se apreciaba en su gesto rastro alguno de nerviosismo, a pesar de ser consciente del riesgo que corría en su intento por satisfacer al general. Sabía que cualquier error podría suponer ser descubierto, y ello conllevaba sufrir en carne propia una de esas muertes lentas y dolorosas que tantas veces había visto padecer. Recordó entonces las últimas palabras pronunciadas por su padre justo antes de morir, cuando él tan sólo era un muchacho imberbe y reservado que estaba a punto de quedarse solo en el mundo: *Hazte un hombre, pero ante todo, un hombre de bien.* Tantas veces había pensado en aquellas palabras y en cómo había traicionado la última voluntad de su padre. El bien pasó a convertirse en una palabra abstracta, una ilusión que se desvaneció desde el preciso momento en que su tío materno pasó a ser su tutor. La única persona a la cual le unían lazos de sangre se acabaría convirtiendo en su mentor, y le abriría de par en par las puertas de un futuro prometedor en el ejército, continuando de esa forma inesperada con la tradición militar de la familia. Fue aquel tío estricto quien, a base de disciplina, hizo de él un hombre, aunque no fuera el tipo de hombre que su padre moribundo hubiera deseado. Aquella unión familiar que comenzó de una forma obligada, le acabó provocando sentimientos tan contradictorios como el temor y el agradecimiento. Y con el paso del tiempo, pudo comprobar que él no sería el único en sufrir su personalidad arrolladora, sino que todo un país acabaría oprimido bajo su yugo, incapaz de levantarse ante el régimen feroz que aquel hombre, sangre de su sangre, lideraba con mano de hierro. El general Alonso del Potro no sólo convirtió a su sobrino en un adulto responsable, sino también en un soldado, y en el más fiel colaborador en su labor por exterminar a las fuerzas insurgentes.

Ernesto Garfella apareció a su espalda como una sombra, escrutando a aquel muchacho espigado, de hombros estrechos y piel blanquecina, que lucía un elaborado aro de plata en su oreja derecha. Puntual como un reloj, le dijo, y ante aquellas palabras, Lince dio media vuelta y alzó la mirada hasta alcanzar a ver los ojos de la enorme figura de casi dos metros de altura plantada frente a él.

- Es una de mis virtudes –respondió al fin Lince, tras estudiar el gesto inexpresivo de Ernesto Garfella-. Suelo ser responsable con las cosas que merecen la pena.

- Tengo algo para ti.
- ¿No esperamos a los demás?
- No va a venir nadie más a nuestra cita.
- ¿Y los compañeros?
- Tú has sido el elegido.
- ¿Elegido para qué?

Ernesto Garfella sacó del bolsillo de su pantalón un pequeño y brillante objeto metálico. Los rayos del sol sobre el rostro de Lince no le permitieron observar con detenimiento de qué se trataba, y Ernesto Garfella, con una pequeña mueca que pareció un amago de sonrisa ante la expectación del muchacho, extendió el brazo y abrió su mano, sobre la cual apareció una llave plateada. Resultaba curioso, pero después de todas las pruebas por las que Lince había pasado para llegar hasta allí, aquello era todo cuanto Ernesto Garfella tenía para ofrecerle.

Capítulo 24

La expectación era máxima en la sala de prensa del palacio presidencial. Los micrófonos se amontonaban sobre la mesa, y al fondo las cámaras de televisión se situaban formando dos filas simétricas, a diferentes alturas, preparadas para captar aquel momento histórico. Una gran bandera nacional presidía la entrada por la cual Alonso del Potro estaba a punto de hacer acto de presencia. Odio salir ahí fuera, dijo el general mientras esperaba entre bambalinas una señal de su jefe de prensa. El pulgar en alto de éste, le indicó que era su turno. No había que hacer esperar más a un público hambriento de titulares. Entró con paso firme en la sala, entre el ruido de los flashes de aquella marabunta de fotógrafos que se peleaban a codazo limpio por la mejor posición. Hizo crujir la silla al tomar asiento. Se sirvió agua y bebió un sorbo. Se removía inquieto, intentando encontrar una postura cómoda mientras todos los ojos se clavaban en él. Realmente Alonso del Potro odiaba todo aquello. Bebió de nuevo. Dos veces. Tenía la garganta seca y ni siquiera había pronunciado aún ni una palabra.

Pablo Ayala y Gutiérrez le observaban desde la primera fila. Privilegios de trabajar en el periódico de Joaquín de la Serna. Ambos eran ya perros viejos en esto del periodismo y las habían visto de todos los colores, sin embargo nunca antes advirtieron aquel desasosiego en el general. Estaba nervioso, y en realidad no era para menos. Concluyeron que, dada su situación, no era posible estar de otra manera, y entonces cayeron en la cuenta que eran los únicos en aquella sala atestada de gente que conocían el alcance de la bomba que Alonso del Potro estaba a punto de soltar.

Mientras los fotógrafos se iban retirando, el general tomó el último trago de agua que le quedaba en el vaso, y a continuación agradeció a los periodistas su asistencia al acto. Fiel a su obsesión por la rectitud, comenzó a desgranar con riguroso orden cronológico los fatídicos acontecimientos ocurridos horas antes. El terremoto y los datos de la tragedia ocuparon los primeros minutos de su intervención. Un torrente de cifras, de ésas que interesan a los periódicos para copar las portadas del día siguiente con grandes titulares. Fallecidos, heridos, edificios derruidos, plazos de reconstrucción, cuantía de los daños materiales y un largo etcétera de números fríos sobre la peor catástrofe que había vivido el país en toda su historia. El general consultaba sus apuntes ocasionalmente, bajando la mirada un breve instante para alzarla de nuevo y dirigirse a los presentes. Con un suave carraspeo aclaró la voz y continuó su letanía de desgracias. Pablo Ayala tomaba notas en su libreta de bolsillo, mientras Gutiérrez bostezaba y, de vez en cuando, echaba un vistazo al reloj, impaciente por salir de allí cuanto antes. Total, ya sabía cuanto había que saber por boca de Joaquín de la Serna, y además, para apuntar cuatro numeritos –pensó-, el jefe podría haber enviado a alguno de esos becarios que le preparan el café. Tras un turno de preguntas que a Gutiérrez se le hizo eterno, y cuando todos los asistentes ya estaban dispuestos a recoger sus bártulos, el jefe de prensa informó que el general tenía un último mensaje importante que comunicar antes de finalizar el acto. Un murmullo recorrió la sala. Pablo Ayala y Gutiérrez cruzaron una mirada cómplice que duró apenas un segundo.

Alonso del Potro notaba cómo el sudor le cubría la frente. Extrajo del bolsillo de su pantalón un pañuelo que portaba sus iniciales bordadas, y con disimulo procedió a secarse, realizando ligeros golpecitos que incidían una y otra vez en la zona húmeda. Llenó de nuevo el vaso con agua y bebió tres sorbos que le aliviaron la sed. Inspiró profundamente y, cuando el silencio volvió a conquistarlo todo, se lanzó decidido a quemar su último cartucho.

- La cantidad de víctimas causadas por el terremoto ha sido muy elevada, tal y como les acabo de informar. Sin embargo, estoy especialmente consternado por cómo la tragedia se ha cebado con el colegio San Rafael, donde decenas de niños han perecido bajo sus escombros.

El general hizo una pausa y recordó con un nudo en la garganta su llegada al colegio, su caminar entre las ruinas, su urgencia por encontrar a Diego con vida, sus latidos acelerados, pero sobretodo, el miedo atroz a perder lo que más quería en el mundo.

- Como muchos de ustedes saben, mi hijo Diego formaba parte de la gran familia del colegio San Rafael. Pues bien, debido a una increíble carambola del destino, él ha sido el único superviviente. Segundos antes de que la tierra empezara a temblar, fue secuestrado por el Frente de Liberación, y a estas horas sigue en manos de esos asesinos.

Los periodistas asistían incrédulos a aquella confesión. Ninguno de ellos era capaz de mover un músculo. No podían apartar la mirada de aquel hombre que se estaba abriendo en canal delante de todo un país. Hasta Gutiérrez se quedó pegado al asiento cuando el todopoderoso Alonso del Potro se puso en pié y clavó su mirada en la cámara de televisión que le quedaba justo enfrente, al final de la sala.

- Me dirijo a ustedes con el corazón en la mano. Sólo les quiero pedir una cosa. Por favor, ayúdenme a encontrar a mi hijo.

Capítulo 25

El Chino Perrone siguió con un ojo a Lince hasta que éste dobló la esquina y se perdió calle abajo, con una llave en el bolsillo de su chaqueta y la curiosidad de saber qué demonios encontraría en el interior de la consigna número trece de la estación de autobuses. El otro ojo no se lo quitaba de encima a Ernesto Garfella, que seguía allí plantado, junto al viejo quiosco del parque de Santa Clara, apurando un cigarrillo que tres segundos después tiró al suelo y pisó con sus caros zapatos italianos.

Lo vigilaba desde dentro del coche, a una distancia prudente. Mantenía el codo apoyado en la ventanilla y una mueca de cansancio asomaba en su rostro tras permanecer allí sentado más tiempo del que hubiese deseado. Se incorporó para cambiar de postura e intentar mitigar el hormigueo que le subía por la pierna derecha. A través de sus gafas de sol vio cómo Ernesto Garfella iniciaba su paso lento hacia la motocicleta que tenía aparcada a escasos veinte metros. Su andar pesado iba acorde con su envergadura y ahí le tuvo que dar la razón al general: aquel tipo no pasaba desapercibido. Colocó una mano en el volante y la otra en el contacto al observar que su presa se abrochaba el casco y tomaba asiento sobre aquella máquina de dos ruedas que tenía pinta de volar sobre el asfalto. Ernesto Garfella hizo rugir el motor con repetitivos golpes de muñeca, retiró el caballete y se adentró en la carretera con un acelerón que hizo derrapar su rueda trasera, a lo que el Chino Perrone respondió con un volantazo seco, incorporándose bruscamente al carril contiguo ante las quejas airadas de un claxon que reprobó su maniobra. Se mantuvo unos minutos a la distancia necesaria como para no llamar su atención. Con dos vehículos de separación entre ambos, como mandan los cánones. Sin embargo, poco tardó Gastón Perrone en darse cuenta de que algo no iba bien. Las constantes miradas de Ernesto Garfella al espejo retrovisor le hicieron presagiar que se vería obligado a pisar el acelerador más de la cuenta. Y así fue. Con un cambio de ritmo endiablado, la motocicleta desapareció de su campo visual en la siguiente curva. El Chino Perrone metió la cuarta marcha y tras aumentar las revoluciones del motor, la quinta. Al salir de la curva volvió a ver a lo lejos aquella figura arqueada sobre el depósito, que conducía con una destreza inusual, zigzagueando entre los vehículos que iba encontrando a su paso. El coche del Chino Perrone –un deportivo negro con brillantes llantas de aluminio- seguía su estela, y los trescientos veinte caballos de potencia con los que contaba fueron determinantes para llegar a reducir la distancia entre ellos a tan sólo unos pocos metros. Ahora ya podía distinguir los detalles que le ofrecía la cercanía a la que se encontraba de su objetivo: unas manos grandes que empuñaban el manillar con rigidez, una cazadora de piel desgastada y cuello redondo con remaches, unos pantalones vaqueros con roturas en las rodillas. Las posiciones llegaron a igualarse, situándose el uno junto al otro, y sus ojos se toparon un instante fugaz, durante el cual el Chino Perrone le dedicó varios improperios mientras gesticulaba exageradamente, dando cuenta de la sangre italiana que corría por sus venas. Ernesto Garfella hizo caso omiso, y en un gesto desesperado por escapar de las garras de su incansable perseguidor, soltó una mano del manillar para hacerse con el revólver que guardaba en el bolsillo de su cazadora. Lo extrajo con un movimiento ágil, y sin dejar de mirar hacia adelante, realizó tres disparos que impactaron en la luna delantera del coche.

Gastón Perrone se agachó, en un acto reflejo que le salvó del plomo que llovía a discreción. Al incorporarse miró los agujeros en el cristal y luego al frente, donde la motocicleta se distanciaba de nuevo, dejando tras de sí un estridente sonido metálico. Quizá fue aquel último vistazo al retrovisor, o tal vez la distracción al guardar de nuevo el revólver en el bolsillo de la cazadora lo que propició que Ernesto Garfella no viera el semáforo en rojo que acababa de saltarse, ni el autobús que poco después le embistió brutalmente. Su cuerpo salió volando por los aires y aterrizó con violencia, creando un sonido hueco. Los vehículos testigos del impacto se detenían uno tras otro, pero fue el Chino Perrone el primero en llegar hasta aquel gigante que seguía inmóvil en el asfalto. Al comprobar que ya no quedaba en él ni un atisbo de vida, se apresuró a revolver sus bolsillos. El arma aún caliente permanecía en la cazadora y prefirió que siguiera allí para no llamar la atención de los curiosos que se aproximaban interesándose por el estado de la víctima. Lo único que encontró fue una tarjeta que extrajo de un bolsillo trasero del pantalón. Bar-Restaurante La Alameda, aparecía impreso. Un rayo de esperanza le iluminó el rostro cuando en el reverso de la tarjeta vio un número de tres cifras y un nombre conocido. El 552 no le decía absolutamente nada, pero un DIEGO escrito con rotulador rojo le alegró aquella tarde que moría entre las sirenas de las ambulancias.

Capítulo 26

Lince abandonó la estación de autobuses con una bolsa de deporte al hombro y los ojos como platos ante la misión que acababan de encomendarle. Las instrucciones que se escondían en la consigna número trece eran tan claras como precisas, y además contenían otro objetivo de renombre con el que sacarle los colores al régimen. Recorrió en un suspiro las pocas calles que le separaban de su apartamento, y durante el trayecto calibró las palabras exactas que emplearía para informar al general Del Potro de las intenciones del Frente de Liberación.

La oscuridad era absoluta cuando llegó al portal. En algunos barrios aún no se había restablecido la electricidad y caminar por sus esquinas era un auténtico deporte de riesgo. Fue tanteando la llave en la cerradura hasta introducirla finalmente y lograr abrir la puerta. Se cruzó con la vecina del tercer piso y con un escueto buenas noches dejó a la mujer con la palabra en la boca, ansioso por subir las escaleras y llegar a casa para contemplar detenidamente el contenido de aquel bulto que ya le tenía el hombro dolorido. Tras cruzar el umbral de la puerta buscó un paquete de velas en el recibidor de la entrada y procedió a encender dos de ellas, provocando una luz amarilla en la pared que recibió la sombra alargada del muchacho. El sonido de una cremallera rompió el silencio. Lince extrajo diversas piezas metálicas del interior de la bolsa y las esparció sobre el sofá. Leyó de nuevo las instrucciones y concluyó que ante la gravedad de los acontecimientos no debía demorar más la llamada que su tío ya estaría esperando con impaciencia. Tecleó el número y aguardó.

- Del Potro –respondió el general de inmediato.

- Lince al aparato, señor.

- Por fin… Ya me estaba preocupando. Cuéntame. ¿Qué pasó en la reunión?

- Pues más que una reunión aquello parecía una cita porqué únicamente asistimos el tipo grandullón y yo –apuntó Lince-. Fue muy breve y tan sólo me comunicó que yo era el elegido.

- ¿El elegido? –preguntó el general intrigado.

- Ya le informé que preparaban un atentado inminente, y por lo visto han pensado en mí para realizar el trabajo. Sólo le diré que tengo un fusil con mira telescópica desmontado sobre el sofá de mi casa.

- ¿Y quién es el objetivo?

- El ministro de Defensa. Alberto Miralles.

Al general Del Potro le acecharon entonces varias preguntas. Ya tenía el quién y el cómo, por lo que la consulta que salió de su boca a continuación fue la más obvia, teniendo en cuenta que el reloj le pisaba los talones.

- ¿Cuándo será? ¿Disponemos del tiempo necesario para coordinar con garantías la seguridad del ministro?

- Señor, supongo que un plazo de quince horas no podemos considerarlo como un tiempo necesario cuando lo que está en juego es la vida de nuestro ministro de Defensa.

- ¿Tan sólo quince horas?

- Ni una más ni una menos. Será mañana a las doce del mediodía, durante la inauguración de la nueva sede del Ministerio, por lo que habrá que improvisar algo ingenioso... Y con rapidez.

- No puede ser –exclamó Del Potro-. Ese edificio está afectado por el terremoto y su inauguración se iba a posponer. Mañana a primera hora estaba previsto llamar a la prensa acreditada e informarles del cambio de fecha. Pero joder, si está todo destrozado...

- Pues háganle un lavado de cara, pero el ministro tiene que cortar la puta cinta. No podemos suspender la inauguración ahora que me he ganado su confianza. Un éxito en esta operación me podría llevar a reunirme con la cúpula.

- Está bien –afirmó el general-. Haré todo lo posible.

- Hágalo, porque yo ya tengo un arma y una ventana desde la que disparar.

Alonso del Potro se sintió lleno de orgullo al escuchar aquellas palabras de la boca de su sobrino. No había sido un trabajo fácil moldear al chico hasta verlo convertido en uno de los suyos, pero aquel esfuerzo se estaba viendo recompensado con creces. Lince sería capaz de entregar su vida por el general y por la causa que les unía, ya que antes de considerarse el sobrino del temido Alonso del Potro, era su soldado.

- En media hora convocaré a los ministros a una reunión de urgencia para informarles de los hechos y preparar un guión mínimamente creíble para mañana.

- Perfecto, señor. Espero su llamada para que me informe de cómo debo proceder.

Lince colgó el teléfono y se sentó en un extremo del sofá, observando con detenimiento cada una de aquellas piezas metálicas que conocía como la palma de su mano. Con un potente soplido apagó las dos velas que apenas iluminaban el salón, y envuelto en la negrura de la noche comenzó a montar el fusil a ciegas. Clac, clac. El humo de la cera recién apagada todavía flotaba en el aire cuando Lince hizo un último movimiento y apoyó el arma montada contra la pared. Muchas horas de instrucción a sus espaldas. Encendió un cigarrillo y salió a la terraza. A lo lejos se veían las luces del puerto y un mar en calma que parecía haberse detenido. La brisa le acariciaba la cara y un intenso olor a sal impregnó su nariz. Imaginó el frenético día que le aguardaba con una media sonrisa en la cara. Podría ser un buen principio para llegar a cumplir su deseo de demostrarle al general que estaba realmente preparado, y que algún día lograría convertirse en un digno sucesor a la altura del linaje familiar. Al fin y al cabo, era sangre de su sangre. Al aspirar el humo de la última calada sintió un dolor punzante en el pecho, e ironizó con la idea de que tal vez fuera la conciencia intentando jugar sus últimas cartas contra aquellas ansias de poder desmedido. Le invadió entonces el recuerdo de su padre moribundo, de la promesa incumplida, del hombre de bien que pudo llegar a ser y no fue, y pensó en cómo la vida siempre escribe un guión distinto al esperado. Mientras los fantasmas del pasado llamaban a su puerta, Lince se entregó al sueño para dejar de escuchar todas aquellas voces que permanecían enterradas en lo más profundo de su memoria.

Capítulo 27

Pablo Ayala y Gutiérrez ultimaban la maquetación a cinco columnas de la portada del periódico que saldría a la venta en unas horas, y en el que podía leerse un escueto y enorme titular que rezaba S.O.S. junto a una fotografía del general Alonso del Potro en rueda de prensa. La redacción se había visto desbordada durante toda la tarde por las informaciones que llegaban desde el palacio presidencial, pero a esas horas ya se respiraba una cierta calma, y la satisfacción por el trabajo bien realizado se plasmaba en los rostros de los que aún seguían al pié del cañón.

Pablo Ayala abandonó su escritorio repleto de papeles desordenados, y encaminándose hacia la salida se detuvo junto a la mesa de Gutiérrez, con quien chocó su mano efusivamente.

- Otra raya para el tigre –sentenció Pablo Ayala.

- Y ésta es de las que no se borran fácilmente. ¿Ya te vas?

Pablo Ayala se disponía a salir por la puerta cuando le dedicó a Gutiérrez una mirada de reojo.

- Si le parece a usted bien, patrón –bromeó.

- Te haces mayor… -dijo Gutiérrez antes de volver a clavar los ojos en el teclado del ordenador.

Un cielo plagado de estrellas le recibió cuando puso un pie en la calle con la intención de volver a andar el camino ya recorrido aquella misma mañana. A pesar de sentirse traicionado y de no haber digerido aún la verdad sobre Martina, decidió que volvería a la casa de Ricardo Mendizábal, como una oveja vuelve al redil, entre otros motivos porque no tenía más opciones. Se tragó el poco orgullo que le quedaba y llamó a la puerta, golpeando varias veces la argolla contra la madera roja. Ricardo Mendizábal apareció ante él y le recibió como si nada hubiera ocurrido, invitándole a entrar con una mano sobre su hombro y una mueca de arrepentimiento. En realidad entendía perfectamente la reacción de Pablo Ayala ante el impacto de la noticia recibida, y pensó que, sin lugar a dudas, la suya hubiese sido mucho menos civilizada. Al entrar en el salón, Pablo Ayala se dio de bruces con aquella mirada felina que no había perdido con el tiempo ni un ápice de su efecto hipnótico.

- Hola de nuevo –dijo Elena Velázquez, a lo que él respondió con una sonrisa forzada y un murmullo inaudible.

Pablo Ayala caminó alrededor de la gran mesa de pino que le daba al salón un aspecto rústico, y se sentó frente a ella. A los pocos segundos se unió Ricardo Mendizábal, con tres botellas de cerveza que agarró con una sola mano. El anfitrión tomó la voz cantante y brindó por la amistad, lo cual sonó como lo más parecido a una disculpa que Pablo Ayala iba a recibir por su parte.

- ¿Sabéis dónde he estado hoy? –dijo el destinatario de aquel brindis, tras darle un largo trago a la botella-. En la rueda de prensa del general Del Potro –prosiguió de inmediato, sin dar opción a contestar su pregunta inicial.

- La hemos visto por televisión –replicó Elena Velázquez.

- ¿Y seréis capaces de decirme que no tenéis nada que ver con el secuestro de Diego del Potro, verdad?

- Mira Pablo –contestó Ricardo Mendizábal-, a estas alturas ya no te voy a negar la evidencia.

- ¿Pero os habéis vuelto locos? ¿Secuestrar a un niño indefenso?

- Por esta vez tengo que darte la razón –intervino Elena Velázquez-. No puedo estar de acuerdo con algo que va en contra de la idea fundacional del Frente. Decidimos optar por la lucha armada para responder a los militares con su mismo lenguaje, pero la muerte de civiles inocentes es indefendible. Sería un error histórico e imperdonable. ¿O vas a tratar de venderme la excusa de los daños colaterales? –preguntó, dirigiéndose a Ricardo Mendizábal.

- A mí tampoco me entusiasmaba la idea, pero nos hemos visto obligados a apostar fuerte. Se van a cumplir cinco años del golpe de estado, y míranos. Quedamos cuatro gatos. El que no está en la cárcel está muerto. La situación requería un golpe de efecto, y poner al general entre la espada y la pared era nuestra única opción.

Mientras pronunciaba aquellas últimas palabras convertidas en un clavo ardiendo al que aferrarse, comenzaron a repicar las nueve campanadas que provenían del campanario de la iglesia. Ricardo Mendizábal cambió la expresión de su rostro, y como un resorte sacó un teléfono móvil del bolsillo de su pantalón. Tecleó los números con celeridad y escuchó los tonos que se iban repitiendo uno tras otro, hasta que saltó el pitido de un contestador automático. Volvió a repetir la operación con el mismo resultado, y aún con el teléfono en la mano dirigió una mirada de preocupación a Elena Velázquez.

- ¿Qué ocurre? –dijo ella.

- Nada bueno. Ernesto no me ha cogido el teléfono.

- ¿Ernesto Garfella?

- El mismo. Está con Diego del Potro en un piso franco.

- Habrá salido un momento a comprar algo, no te preocupes.

- No lo entiendes... -Ricardo Mendizábal se echó las manos a la cara, presionándose las sienes con ahínco-. Hago una llamada de seguridad cada doce horas. Dos veces al día. Las nueve de la mañana y las nueve de la noche. Él sabe que debe coger el teléfono, y hoy no lo ha hecho. Algo ha tenido que pasar.

- ¿Y qué vamos a hacer?

- Querrás decir qué voy a hacer, porque tú te vas a quedar aquí con Pablo. Por lo pronto voy a comprobar que ambos están bien. Tengo que ir inmediatamente para allá.

- De ninguna manera –contestó Elena Velázquez-. Como máximo dirigente del Frente de Liberación no puedes exponerte a un riesgo tan elevado. Si te pasara algo la organización se resentiría demasiado. Iré yo.

- Elena, por favor, no digas tonterías. Eres la segunda persona más buscada de toda la isla y no se te ocurre otra cosa que querer reunirte con la primera. Tú no puedes salir ni a la vuelta de la esquina.

- Yo la acompañaré –dijo Pablo Ayala, interrumpiendo la conversación-. Para evitar ser vista, Elena puede esconderse en el maletero mientras yo conduzco. A estas horas seguro que habrá controles militares, y ahí sí que vais a necesitar mi ayuda. Cuando les enseñe el carnet de periodista y vean el medio para el que trabajo, ni se atreverán a tocar el coche. Todo el mundo respeta a Joaquín de la Serna.

Elena Velázquez pensó que había encontrado en Pablo Ayala al socio perfecto. La ayudaría a llegar hasta el pequeño Del Potro y a convencer a su captor de que la opción de eliminar al chico significaba un suicidio colectivo para el Frente de Liberación. Bajo ningún concepto iba a consentir que los ideales por los que estuvo a punto de morir, y la organización que los encarnaba, fueran traicionados de aquella manera.

Ricardo Mendizábal se resistía a escuchar los argumentos de Elena Velázquez, pero finalmente tuvo que dar su brazo a torcer ante la insistencia de la joven. A regañadientes le entregó un manojo de llaves, una dirección a la que dirigirse y un revólver del calibre 38. Al observar cómo sus dos huéspedes se perdían en la oscuridad de la noche, Ricardo Mendizábal tuvo un último presentimiento sobre Ernesto Garfella que le erizó la piel, y sintió que un gran peligro se cernía sobre todos ellos.

Capítulo 28

Esos hijos de puta te quieren ver muerto, y tienen un plan, le soltó Alonso del Potro a Alberto Miralles. Así, sin vaselina, como solía hacer las cosas el general. Nunca tuvo el tacto ni las formas adecuadas para dirigirse a los demás, pero al menos su lenguaje no daba lugar a malentendidos. Los ministros acababan de sentarse alrededor de la mesa del despacho presidencial, y aquella fue la mejor decisión que podían haber tomado, porque más de uno se puso blanco como el papel al escuchar la noticia. Al ministro de Defensa, sin embargo, se le veía entero a pesar del sudor frío que le recorría la espalda. Era un tipo duro al que no le iban a temblar las piernas ante una simple amenaza. Además no era la primera. Ya lo habían intentado alguna que otra vez. Vivía con ello y no le importaba pagar ese precio por ser uno de los miembros más odiados del gobierno. Su obsesión por la aniquilación del enemigo era enfermiza, y se mostraba implacable ante todo lo que tuviera un ligero tufo a insurgencia. Tal y como decía el propio general Del Potro, el comandante Alberto Miralles nunca hacía prisioneros.

- En serio, Alberto –insistió el general-, estás en peligro. Mañana al mediodía van a atentar contra ti.

- Pues tal y como me lo está pintando, estoy empezando a preocuparme. Aún así, le veo a usted demasiado tranquilo –respondió el ministro Miralles.

- Eso es porque, en realidad, hay un pequeño detalle que aún no te he revelado y que juega a nuestro favor –dijo Del Potro antes de hacer una pausa dramática y desvelar el misterio-. Lince es quien empuñará el fusil con el que piensan dispararte.

- ¿El topo?

- Efectivamente. Nuestro hombre se ha ganado la confianza de esos cabrones.

- Pues una de dos, mi general. O Lince es jodidamente bueno, o el Frente de Liberación está en cuadro. Ha ascendido en muy poco tiempo a una cota de responsabilidad demasiado alta.

- Creo que no te equivocas en ninguna de las dos cosas. El Frente está en horas bajas y Lince es nuestra mejor baza. Sólo te diré que es capaz de acertar un objetivo a dos mil metros de distancia. No sólo es jodidamente bueno. Es el mejor tirador que he visto jamás. Por eso le han elegido.

- Por suerte, en esta ocasión no tendremos la necesidad de comprobar su puntería ¿verdad?

- Mucho me temo que sí, Alberto. Tenemos que hacer que todo parezca real, y para ello, Lince no sólo debe disparar. También tiene que dar en el blanco y que sus superiores lo vean y le den palmaditas en la espalda. No podemos dejarle con el culo al aire.

- ¿Qué está insinuando, mi general?

Durante la siguiente hora planificaron cada paso al detalle, y lo repitieron una y mil veces hasta que cada uno tuvo clara su función. No cabía la opción de dejar nada al azar. El tiempo escaseaba y esta vez no había margen de error. El comandante Alberto Miralles ya se veía recibiendo en el pecho aquel proyectil que su chaleco antibalas, reforzado con placas de cerámica, amortiguaría milagrosamente. Y luego la caída sobre el asfalto, el dolor y la pérdida de respiración. El cuerpo inmóvil mientras la gente huía despavorida a su alrededor en busca de algún lugar en el que refugiarse. Los francotiradores posando en las azoteas como maniquíes en un escaparate siniestro. El miedo formando una nube negra y espesa sobre sus cabezas, mientras Lince escapaba con calma. A salvo de todo. Esperando una llamada de felicitación y una nueva cita a la que acudir entre vítores.

El despacho presidencial desprendía un extraño olor a madera y tabaco negro que se impregnaba en las paredes y ascendía hasta conquistar el techo coronado con molduras de escayola. El general Del Potro abrió la ventana para airear el humo denso que hacía del ambiente una masa irrespirable, y al contemplar impávido la línea del horizonte color plata, esbozó una ligera sonrisa. Os vamos a joder, decía aquella mueca casi imperceptible. Como un niño con juguete nuevo, le invadió la idea de salir corriendo para contarle a Lince el plan a seguir. Quién hubiera pensado, decían los ojos del general, que íbamos a acabar haciendo esto juntos. Caminó por el lateral del despacho hasta abordar la puerta, y apoyó su mano en el picaporte con un rápido gesto. Los ministros comenzaron a levantarse de sus asientos cuando Alonso del Potro, plantado bajo el umbral, dio por finalizada la reunión y se excusó ante su repentina huida.

- Si me disculpan, caballeros, tengo una llamada que hacer.

Capítulo 29

- Ya hemos llegado –dijo Pablo Ayala, que parecía estar hablando solo en el interior del vehículo.

Descendió la rampa del garaje con la suavidad necesaria como para no lastimar el bulto silencioso que llevaba en el maletero y estacionó entre las dos líneas rojas que delimitaban la plaza de aparcamiento con un número doce marcado en el suelo. Al bajar del coche, todos sus sentidos se pusieron en alerta. Jamás se había visto en una situación parecida. Le temblaban las piernas y no le daban los ojos para atisbar cada uno de los estímulos que captaban su atención. Cuando levantó la puerta del maletero comprobó que Elena Velázquez se encontraba hecha un ovillo, con los brazos replegados, las piernas doloridas y el revólver en la mano. Al pisar suelo firme desentumeció los músculos, y con un caminar extraño que evidenciaba la falta de sensibilidad en sus extremidades, llegó al ascensor. Las puertas metálicas se cerraron con un golpe seco cuando apretó el botón que les llevaría al último piso. Durante el trayecto, Elena Velázquez volvió a recordarle a Pablo Ayala las instrucciones básicas a tener en cuenta si quería continuar con vida, que resumió en dos. Ponte siempre a mi espalda y no te hagas el héroe.

Al abrirse el ascensor se encontraron ante un largo pasillo de moqueta gris, decorada con estampados florales pasados de moda que contrastaban con el brillante amarillo de las paredes. Varios plafones iluminaban el camino, al final del cual se adivinaban dos puertas, ubicadas una frente a la otra. Recorrieron el pasillo con sigilo, como quien camina por un campo plagado de minas, hasta plantarse frente a la puerta que lucía una pequeña y dorada letra B sobre su marco. Pablo Ayala se situó detrás de Elena Velázquez, tal y como ella le había ordenado, y observó sin pestañear cómo iba introduciendo lentamente la llave en la cerradura, muesca a muesca, mientras contenía la respiración. La puerta se abrió con un clic que a Pablo Ayala le pareció un estruendo ensordecedor en medio del silencio sepulcral que reinaba en el pasillo. Ambos se miraron frente a aquella puerta entornada, tras la cual no tenían ni la más mínima idea de qué se iban a encontrar. Ella le hizo un ligero gesto con el cuello para que la siguiera, antes de lanzar al aire una palabra muda que él no supo leer en sus labios. Elena Velázquez empuñó el revólver firmemente y entró con los brazos extendidos, asiendo con las dos manos el arma cuyo cañón iba variando de trayectoria en la fría oscuridad del salón. No parecía haber nadie en el apartamento, pero ambos mantuvieron la guardia en alto hasta que acabaron de registrar las dependencias, a excepción de una a la que se accedía por una puerta lacada en blanco que estaba cerrada. Elena Velázquez extrajo de nuevo el manojo de llaves que le había proporcionado Ricardo Mendizábal, provocando un tintineo que cesó al depositarlas sobre la palma de su mano. Escogió una llave dentada de cabeza redonda tras examinar la cerradura con detenimiento, y procedió a su apertura sin el celo con el que había actuado anteriormente en el pasillo.

No lo puedo creer, dijo Elena Velázquez cuando la puerta cedió y se desplazó con un chirrido estridente, dejando entrever lo que escondía su interior. El pequeño Diego del Potro se materializó frente a sus ojos, sentado sobre la cama con las piernas cruzadas y las manos tapándole el rostro, preso de un llanto inconsolable. Recorrió los pocos metros que les separaban sin pensar en otra cosa que no fuera socorrer a esa criatura indefensa que llevaba dos días lejos de casa, hacinado entre aquellas cuatro paredes. Al sentarse a su lado sintió vergüenza, y sin decir una palabra lo abrazó como si fuesen los dos únicos supervivientes del terremoto que había sacudido la isla hacía tan sólo unas horas. En realidad, no eran más que eso: dos supervivientes con un futuro incierto. Diego del Potro apoyó su mejilla húmeda sobre el pecho de Elena Velázquez, encontrando en aquel calor espontáneo el consuelo que necesitaba, y tras recuperar la calma y el aliento la miró a los ojos, con aquella expresión asustada que sólo pedía un poco de cariño.

- ¿Me vas a llevar con mi padre? –dijo entre sollozos.

- Eso no está en mi mano, pequeño –respondió ella mientras le acariciaba su pelo alborotado-. Lo que sí puedo prometerte es que mientras yo esté aquí, nadie va a hacerte ningún daño. Y ahora duerme tranquilo. Yo te cuidaré.

Pablo Ayala contemplaba la escena desde el umbral de la puerta, y bajo el encuadre de aquella perspectiva, viendo dormir en la misma cama a la fugitiva Elena Velázquez y al desaparecido Diego del Potro, cayó en la cuenta de que definitivamente se había metido en la boca del lobo. A pesar de los peligros que eso conllevaba, esta vez no sintió ningún temor. Tenía poco que ganar, era cierto, pero de lo que estaba convencido era que no tenía nada que perder.

Tras echar un último vistazo a la habitación, Pablo Ayala cerró la puerta, se dirigió al comedor a través del pasillo oscuro y dejó caer su cuerpo agotado en el sofá. Demasiadas emociones. Los párpados se le vencían después de casi dos días sin dormir, y en ese instante, su último recuerdo antes de entregarse al sueño fue para Martina. Ojalá estuviera aquí conmigo, se dijo, preguntándose a su vez dónde se hubiera posicionado ella ante la decisión de secuestrar a un niño de ocho años. Después de lo escuchado de boca de Ricardo Mendizábal la noche anterior, no se atrevió a dar un pronóstico. Ya no era capaz de poner la mano en el fuego por nadie. Tan sólo estaba convencido de la razón por la que él estaba allí. No era la lucha armada, ni siquiera desestabilizar el régimen dictatorial del general. Su implicación era mucho más simple. Salvar la vida de un chico que no tenía ninguna culpa de ser quien era. Tan sólo eso. ¿Quién no defendería una cosa así? –murmuró entre dientes. Se quedó dormido justo a tiempo, antes de que su propia mente lucubrara una respuesta que aún no estaba preparado para escuchar.

Capítulo 30

El Chino Perrone aspiró el cigarrillo que descansaba entre sus dedos con aquella pasión con la que hacía todo en la vida. Seguía desnudo en la cama, con la cabeza de Estrella Figueroa apoyada en su pecho después de entregarse el uno al otro como dos adolescentes en celo. Su relación iba más allá del mero acuerdo monetario que el Chino Perrone cumplía religiosamente, más el diez por ciento de propina. Era una necesidad física que ambos disfrutaban. Aunque con un desenlace desigual. Él se vestía y salía por la puerta a enfrentarse a sus fantasmas, mientras ella seguía allí, regentando el negocio familiar heredado de su madre.

Dueña del Club La Estrella, situado en el quilómetro 135 de la sinuosa carretera que cruzaba la isla de punta a punta, Estrella Figueroa era una de esas mujeres que hacían voltear el cuello a cualquier hombre que se le cruzara por la acera. Pelirroja, de tez blanquecina y pecas incontables, sus dos grandes ojos verdes eran capaces de iluminar la habitación con un simple parpadeo. Tenía unos pechos voluptuosos y unas caderas en las que nunca se ponía el sol. Aquellos labios carnosos habían besado a lo más granado y selecto de la alta sociedad de la isla, pero ella siempre volvía a caer rendida en los brazos del Chino Perrone.

Eran dos polos opuestos que se atraían y que irremediablemente acababan encontrándose en aquella cama de sábanas blancas y almohadas con forma de corazón.

- ¿Por qué has tardado tanto en venir a verme, cabronazo? –preguntó Estrella Figueroa antes de morderle el pezón.

- Ya sabes –respondió él sin muchas ganas de dar explicaciones-. Andaba haciendo cosas que no debo contarte.

Estrella Figueroa era la única persona a la que el Chino Perrone tuteaba. Su madre le había inculcado la costumbre de tratar de usted a todo el mundo, y aquella imposición se convirtió con el tiempo en un homenaje a su memoria. Sin embargo, Estrella Figueroa era la excepción a esa regla inicialmente inquebrantable. La confianza que había entre ambos le impedía construir aquella barrera que establecía el lenguaje.

Solían hablar de cualquier tema excepto de trabajo. La autocensura que se habían impuesto era innegociable, ya que ni ella podía conocer los detalles de las atrocidades que el Chino Perrone era capaz de cometer, ni a él le interesaba el número de hombres que pasaban diariamente por su cama. Era un pacto de no agresión que les había llevado a convertirse en verdaderos compañeros de vida con el paso de los años. Quizá fuera aquella habitación de cortinas rojas y luz tenue el único lugar en el que podían ser ellos mismos, sin verse obligados a interpretar ningún papel. Aquel lugar les desnudaba el cuerpo y el alma, convirtiéndoles en seres vulnerables. Algo que no se podían permitir en el mundo salvaje que les había tocado vivir, y en el que se movían como peces en el agua.

Estrella Figueroa volvió a la carga, y mientras lamía la piel húmeda del Chino Perrone fue descendiendo su mano hasta encontrar el sexo de nuevo erecto. Le besó en la boca con la urgencia de los que se comen la vida a cucharadas, y se abalanzó sobre él, montándole a horcajadas. Cuando la sintió bien adentro, ahogó un gemido y apretó los muslos con un suave balanceo que fue haciéndose cada vez más intenso hasta que ambos acabaron, quedando extendidos sobre las sábanas mojadas de sudor, exhaustos, saciados.

- ¿Te quedarás conmigo esta noche? –dijo Estrella Figueroa.

- No puedo, mi amor. Mañana tengo mucho trabajo. Será otro duro día en la oficina.

Estrella Figueroa sonrió, y el Chino Perrone se incorporó hasta quedar sentado al borde de la cama. Se vistió con parsimonia para arañarle al tiempo unos segundos más junto aquella mujer que era su única adicción reconocida. Antes de irse la besó con fuerza y, al separar sus labios, pensó que sería capaz de hacer cualquier cosa por mantener aquel dulce sabor en la boca durante toda la vida.

Cuando salió por la puerta, de camino hacia el mundo salvaje que seguía girando allá afuera, soñó despierto que algún día escaparía junto a ella de toda la vorágine decadente que les rodeaba. Bien lejos. A donde les llevara el mar.

Capítulo 31

Una lámpara de pie iluminaba sutilmente el salón del palacio presidencial, con aquella tonalidad ocre, algo difuminada, que le daba al ambiente una serenidad contagiosa. El general Alonso del Potro contemplaba el techo con la mirada ausente, tumbado en la alfombra en la que Diego solía pasarse las horas muertas jugando con cualquier cosa que le cayera en las manos. Al rozar con la yema de los dedos el tejido rugoso sobre el que descansaba, recordó su risa dulce, y también la forma de enojarse cuando se desmoronaban aquellas figuras que construía con piezas de madera. Percibió entonces su olor, que permanecía intacto en algún recodo de la memoria, y creyó verlo bajar las escaleras y entrar en la cocina para comerse a escondidas el último trozo de pastel que quedaba en la nevera. Le echaba tanto de menos que dolía. Era un dolor físico, comparable a un puñetazo en el estómago, de esos que te dejan sin respiración. Sintió los latidos de su corazón martilleándole las sienes y un gran peso sobre sus espaldas, como si cargara una mochila repleta de minutos que se iban desprendiendo en un goteo incesante. Le quedaban menos de treinta y seis horas para enfrentarse a la situación más angustiosa de su vida, ante la cual únicamente barajaba dos opciones:

doblarse ante el chantaje del Frente de Liberación, o mantenerse firme y poner en riesgo la vida de su hijo. Un mar de dudas le asaltaban ante las preguntas que su propia mente repetía de manera incesante. ¿Serán capaces de cometer un acto de tal magnitud? ¿Se atreverán a apretar el gatillo frente a un alma inocente de tan sólo ocho años?

Aquellas incógnitas eran un látigo con el que se flagelaba, a pesar de ser consciente de que la respuesta no estaba en sus manos. Desde luego, aquel no era el modus operandi del Frente, pero nadie le podía asegurar que, llegado el momento de sacrificar al chico, no tuvieran las agallas suficientes para hacerlo. Ante tantas incertezas, Del Potro se veía abocado a tener que esperar al término de la cuenta atrás para conocer el desenlace de aquel suplicio, a no ser que Lince o el Chino Perrone fueran capaces de deshacer el entuerto a tiempo. Había confiado la vida de su hijo en un inexperimentado joven que jugaba a ser soldado y en un tipo sin escrúpulos que ya estaba a vuelta de todo. Sin embargo, a los dos les unía una cosa que era capaz de paliar todos sus defectos: la pasión por conseguir lo que se propusieran. Y aquello, para el general, era más valioso que la profesionalidad y el rigor.

Unos pasos hicieron crujir la escalera, devolviendo al general Del Potro al salón donde su imaginación deambulaba entre el pasado radiante y un turbio futuro. La voz de una mujer quebró el silencio, y una pregunta surgida de su boca fue la única a la que el general pudo responder sin un atisbo de duda en aquella noche extraña.

- Alonso, ¿vienes a la cama?

Tercera parte

EL PASADO SIEMPRE VUELVE

Capítulo 32

Aún no había amanecido en la isla sin nombre, pero el ritmo que latía en la nueva sede del Ministerio de Defensa era ya frenético. La operación de chapa y pintura se puso en marcha desde el mismo instante en que finalizó la reunión que había sentado a los miembros del gobierno alrededor de la gran mesa del palacio presidencial.

Decenas de operarios habían entrado al edificio en plena madrugada, distribuyéndose por las cuatro plantas con las que contaba aquel innovador diseño arquitectónico de hormigón, vidrio y acero. Las instrucciones eran claras: finalizar antes del amanecer con las labores de limpieza y reconstrucción de los daños causados por el terremoto. Sin embargo, la opacidad alrededor de la premura con la que debían realizar su trabajo, les hizo pensar que algo extraño ocurría. Aquella urgencia no era habitual. Incluso, a más de uno lo acababan de sacar de la cama. Aún así, nadie se planteó poner en duda las órdenes recibidas. Como siempre, ante un mandato directo del general Del Potro, imperó el silencio y la autoridad.

En el exterior estaba casi todo listo. La placa conmemorativa con el nombre del excelentísimo ministro de Defensa, don Alberto Miralles, acababa de ser instalada, al igual que las catenarias con cintas extensibles distribuidas alrededor de la puerta principal, que limitaban los espacios destinados a los periodistas acreditados y a los ciudadanos que quisieran asistir al acto inaugural. Incluso la cinta con los colores de la bandera nacional ya lucía tensa, entregada a los vaivenes de la primera brisa de la mañana, mientras esperaba impaciente a ser cortada.

El sol comenzaba a salir tímidamente –reverberando sobre los cristales de la fachada- cuando Alberto Miralles apareció por las inmediaciones del edificio. No había pegado ojo en toda la noche y, tras darle muchas vueltas, no encontró mejor manera de enfrentarse al miedo que mirándole fijamente a los ojos. Aquella era una sensación desconocida. Jamás había experimentado ese vacío en el estómago, ni luchado contra esos malos pensamientos que le rondaban la cabeza.

Decidió inspeccionar el terreno en el que debía hacer la actuación de su vida, y al mirar la ventana desde la que Lince tenía previsto lanzarle una bala a ochocientos metros por segundo, le temblaron las piernas. Es normal, supongo, se dijo exculpándose de aquel temor que le avergonzaba. Varios destellos le vinieron a la mente, como el avance en imágenes de una película de acción de la que él era el protagonista. Visualizó el disparo y la violencia del impacto en su cuerpo. Dudó sobre la fiabilidad del chaleco antibalas ante un proyectil de aquel calibre. Imaginó la insoportable quemazón en el pecho. Hasta pensó en largarse corriendo y escapar de la muerte que tanto le andaba rondando. Pero al final la cabra tira al monte, y Alberto Miralles, a pesar de aquella tentación en forma de huída, era de esos tipos que cogían al toro por los cuernos. Además, la lealtad que le profesaba al general Del Potro era infinitamente superior al más terrible de los miedos que le pudiera amedrentar, por lo que no cabía dudar ni un segundo de su compromiso con la causa.

El ministro entró en el edificio y recorrió las cuatro plantas como un intruso entre las líneas enemigas, intentando pasar lo más desapercibido posible. Al finalizar la visita constató que aquél no parecía el mismo lugar que horas antes se asemejaba más a un campo de batalla que a unas oficinas a punto de ser inauguradas. Gran trabajo, dijo antes de abandonar el vestíbulo, engrandeciendo su leyenda negra de hombre seco y parco en palabras. La realidad era que tenía otras preocupaciones en mente, y al salir al exterior, esas preocupaciones se plasmaron ante sus ojos. Sintió de pronto una sequedad pastosa en la boca, y un reguero de sudor le corrió por la frente al encontrarse de nuevo con aquella ventana situada en el séptimo piso del bloque que quedaba justo enfrente de la nueva sede ministerial. Le atenazaba la angustia, pero no quería abandonar aquel lugar con esa sensación de derrota sin haber jugado aún el partido. Con los ojos cerrados inspiró hondo y aguantó unos segundos el aire, que exhaló en un soplido largo y continuo. Al abrirlos, trató de evaluar la situación con calma y pudo comprobar que Lince tendría una ubicación privilegiada, a tan sólo cincuenta metros de su objetivo, y que ningún elemento interferiría en su línea de tiro, por lo que aquel disparo limpio sería pan comido para un tirador de su nivel. Con ese pensamiento positivo, queriendo convencerse a sí mismo de que todo estaba bajo control, Alberto Miralles subió al coche oficial y, bajo una luz naranja que recién asomaba por el horizonte, se alejó por la avenida a la que volvería en pocas horas para convertirse en un blanco perfecto.

Capítulo 33

Elena Velázquez extendió el brazo y ofreció a Diego del Potro una última tostada de mantequilla con mermelada de fresa. Los dos desayunaban sentados en la cama, uno junto al otro, apoyados en la almohada que descansaba en el cabecero de hierro forjado. Tres horas antes, Diego se había despertado de madrugada y ya no pudo volver a conciliar el sueño. ¿Quieres hablar?, le había preguntado Elena Velázquez cuando vio al chico con los ojos como platos, mirando al techo. Tarde o temprano tendremos que hacerlo. No vamos a estar todo el día sin dirigirnos la palabra.

Diego del Potro se incorporó y se mantuvo en esa posición unos minutos, con la cabeza baja y la boca cerrada. Le dedicaba a su nueva acompañante alguna que otra mirada furtiva, que abortaba su misión en el instante en que sus ojos se cruzaban con los de ella. Una décima de segundo que le provocaba una vergüenza terrible y le hacía sonrojar las mejillas.

- ¿Te cuesta dormir desde que estás aquí?
- Sí –respondió brevemente-. Tengo miedo –sentenció unos segundos después.

A Elena Velázquez se le partió el alma, e insistió de nuevo en que cuidaría de él. Seguía sin poder creer que el Frente de Liberación hubiera llegado tan lejos y traicionara sus principios de aquella forma tan abyecta. De Liberación…, qué paradójico, pensó. De alguna manera sentía que al cuidar a Diego, ella también estaba traicionando a sus compañeros. Sin embargo, a pesar de luchar con esas contradicciones, Elena Velázquez tenía muy clara su lista de prioridades. En aquel preciso instante, su objetivo principal era abrir la coraza de desconfianza que Diego del Potro llevaba incrustada en el pecho, y lograr llegar a su corazón. Para ello recurrió al perdón por tenerle allí recluido, que imploró con los ojos llorosos. En el fondo se sentía culpable por participar en aquella locura, pero tenía asumido que liberar al chico no era una opción viable, porque ello suponía poner en peligro a su amigo Ricardo Mendizábal. Quizá Diego del Potro hubiera visto u oído algo que pudiera comprometerle, y no quería correr ese riesgo.

- ¿Sabes qué? –continuó Elena Velázquez-. Yo también tengo miedo. De hecho, convivo con él cada día. Pero me he dado cuenta de que a veces, tener miedo te ayuda a mantenerte alerta, te fortalece. Y a ti te ha convertido en un chico muy fuerte.

- Pero yo no quiero tener miedo. Ni ser fuerte. Yo sólo quiero volver a casa con papá.

Elena Velázquez le cogió de la mano y le dio un dulce beso en la frente. Pronto volverás a casa, le dijo. Y mientras aquellas palabras salían de su boca, le vino a la mente la imagen de sus padres y el exilio forzoso que les obligaba a estar tan lejos. A pesar del intento por mantener el tipo delante del pequeño Diego, una lágrima rodó por su mejilla, dejando un rastro húmedo a su paso.

- ¿Por qué lloras?

- Porque me has recordado que ambos deseamos lo mismo. Yo también quiero volver a casa con mi papá.

El dolor que les unía sirvió para derribar el muro que se alzaba entre ellos, y a partir de ese instante todo fluyó como el agua durante las tres horas nacidas del insomnio, en las que ambos se olvidaron de que aquellas cuatro paredes eran su prisión.

Diego del Potro bebió de un trago la taza de leche que Elena Velázquez le había preparado, y la dejó sobre la mesita de noche. Se tumbó en la cama, colocando sus manos entrelazadas bajo la nuca, y tras un breve silencio miró fijamente los brillantes ojos de aquella mujer que no había sido capaz de devolverle la libertad, pero sí la seguridad de conseguir salir de allí sano y salvo.

- ¿Puedo hacerte una pregunta que mi padre nunca me quiere responder?

- Claro que sí. Dispara.

- ¿Por qué la isla no tiene nombre?

- Siento defraudarte, pero no lo sé con seguridad. Hay demasiados rumores en torno a esa historia. Se lo tendrás que volver a preguntar a tu padre cuando salgas de aquí –dijo encogiéndose de hombros-. Él fue quien decidió que viviésemos en una isla sin nombre. ¿No recuerdas cómo se llamaba antes?

- No. Yo era muy pequeño. ¿Cómo se llamaba?
- Isla Isabela.
- ¿En serio? ¡Se llamaba como mi mamá! –dijo Diego con una expresión de sorpresa en su rostro.
- ¿Y tu mamá dónde está?
- En el cielo.

Elena Velázquez comprendió entonces muchas cosas. Que no todo es blanco o negro, que el amor y el dolor siempre van de la mano, que no se puede evitar lo inevitable por mucho poder que uno atesore, y que hasta un personaje siniestro como el general Del Potro tenía cicatrices en el corazón que aún sangraban a borbotones. Cada uno de esos pensamientos se desvaneció cuando la puerta de la habitación se entreabrió y Pablo Ayala asomó la cabeza, provocándole a Elena Velázquez un sobresalto que le hizo dar un vuelco al corazón. ¿Interrumpo algo?, dijo con una mueca que le arqueó las cejas. Mirad lo que traigo, continuó sin esperar que alguien contestara a su pregunta. Abrió la puerta de par en par y entró con paso decidido, tirando de una mesita con ruedas sobre la que descansaba un antiguo televisor.

- Supongo que estarás aburrido como una ostra –dijo dirigiéndose a Diego del Potro, que miraba aquel aparato como si no hubiera visto uno en años-. Apostaría a que no le dices que no a una película de dibujos animados.

El chico esbozó una gran sonrisa que le iluminó la cara, y se acomodó dando pequeños botes sobre la cama mientras Pablo Ayala conectaba los cables y dejaba la habitación a oscuras, con el resplandor que desprendía la pantalla como única fuente de luz.

Pablo Ayala y Elena Velázquez abandonaron la habitación sin que Diego se diera cuenta, absorto como estaba frente a la única distracción que había tenido en días. Se sentaron en el sofá, y a su lado, sobre una pequeña mesa de centro decorada con flores secas, les aguardaban dos humeantes tazas de café.

- Sorpresa –dijo Pablo Ayala, acentuando cada una de las sílabas.

- Ante este detalle –prosiguió Elena Velázquez, con una sonrisa cómplice-, lo más justo por mi parte sería mentir y decirte que no me acabo de tomar un café en la habitación.

- Miénteme entonces y tómate otro conmigo.

En aquel instante, frente a los primeros rayos de sol que atravesaban las blancas cortinas de lino, Pablo Ayala se percató del sorprendente parecido que aquella mujer guardaba con Martina. Sus facciones delicadas, los ojos pequeños de un azul intenso, la piel blanca y finísima, el cabello dorado con el que no dejaba de jugar entre sus dedos. Se detuvo unos segundos en las diminutas manchas que poblaban sus mejillas y en sus labios gruesos, ligeramente agrietados, creándose uno de esos silencios incómodos que se suelen rellenar con alguna frase hecha.

- ¿En qué piensas? –dijo ella.

- Me preguntaba si te acordarías del día que conociste a mi mujer –mintió para salir del paso y contener las ganas de besar al fantasma de Martina, reencarnado en aquella mujer.

- Pues claro que me acuerdo –respondió con la mirada clavada en la pared desnuda que tenía frente a ella, intentando recordar cada uno de los detalles de aquel lejano momento perdido en el tiempo-. Fue una noche de tormenta en la que estábamos de guardia. Martina ya era una pediatra de reconocido prestigio, y aquella era mi primera noche como enfermera en el hospital de la isla. Cómo voy a olvidarme si cayó tal tromba de agua que nos quedamos toda la noche a oscuras, trabajando a la luz de las velas.

- ¿Cuánto tiempo hace de eso?

- Siete años. A los pocos meses se marchó y abrió su propia consulta. Y el resto de la historia ya la sabes.

Por supuesto que la sé, recordó Pablo Ayala. Los nervios antes de la inauguración, las noches sin dormir, el éxito profesional, las listas de espera que se tradujeron en ausencias y horas de soledad. Y al final, su sorprendente ingreso en el Frente de Liberación, que derivó en aquel fatal desenlace.

- ¿Estás bien? –preguntó Elena Velázquez.

- Sí, sólo que aún no he asumido su pérdida – Pablo Ayala descansó su mano sobre la de Elena Velázquez y prosiguió con la voz quebrada-. ¿Viste a Martina en la cárcel del Faro?

- No –respondió negando con la cabeza-. Supongo que la tuvieron incomunicada en alguna celda de aislamiento.

- Me dijeron que la fusilaron allí mismo, junto con otras nueve reclusas.

- Si fue así –continuó tras pensarlo un momento–, yo no vi nada.

Elena Velázquez omitió la escena ocurrida la misma mañana del terremoto. No quería hurgar en el dolor ni dar detalles de las imágenes que tenía grabadas a fuego en la retina. Aquellos cuerpos bañados en sangre, desprovistos del último aliento, hacinados unos sobre otros como ganado en el patio adoquinado de la cárcel del Faro. Los cadáveres estaban tan irreconocibles que no podía asegurar que el de Martina fuera uno de ellos, por lo que prefirió evitarle el mal trago de tener que escuchar aquella narración tan morbosa.

Pablo Ayala se levantó –con el labio inferior tembloroso y las lágrimas enturbiándole la vista–, y se dirigió a Elena Velázquez, a quién propinó un sonoro beso en la mejilla que la dejó desconcertada. Gracias, dijo, y tras rozarle suavemente el cabello con la punta de los dedos, encaminó sus pasos hacia la puerta para dirigirse a la reunión diaria con Joaquín de la Serna. Antes de cruzar el umbral, volvió la vista para encontrar aquellos ojos azules que le miraban con la ternura de quien ya ha recorrido antes ese espinoso camino que transita entre la pérdida y el duelo. Y ahora, desde aquella posición, ya no veía a Martina. No quedaba ni rastro de ella. Era de nuevo Elena Velázquez la mujer que iluminaba el salón y consolaba su alma.

- Has estado magnífica con el chico. No sabe la suerte que ha tenido al encontrarte –concluyó Pablo Ayala antes de desaparecer.

Elena Velázquez se estremeció al pensar que tal vez fuera el destino quien la arrancó de las entrañas de la cárcel del Faro para emprender aquella misión. Sintió de pronto un vértigo extraño ante lo desconocido, pero sabía que esta vez todas las cartas estaban sobre la mesa, y que no le quedaba más opción que apostar fuerte y jugarse hasta la camisa.

Capítulo 34

El viento que golpeaba la ventana entreabierta despertó al general Alonso del Potro, que instintivamente abrazó el cuerpo desnudo de la mujer que yacía junto a él sobre un revoltijo de sábanas arrugadas. Su mano fue descendiendo por aquellas curvas sinuosas hasta detenerse al fin en unas prominentes caderas que se erizaron ante el suave contacto con su piel. Martina, ¿estás despierta? – preguntó el general.

El silencio por respuesta daba a entender que no, que seguía entregada a los brazos del sueño más profundo, pero lo cierto era que Martina llevaba ya un buen rato viendo amanecer a través de la ventana. Su cuerpo permanecía inmóvil, pero su mente era un hervidero de sentimientos encontrados que luchaban a tumba abierta. Imaginaba cómo volvería a ser su vida tras aquel paréntesis irreal que estaba tan cerca de llegar a su fin, y se preguntaba si Pablo sería capaz de perdonarla algún día. Mientras el sol emergía del horizonte, extendiendo su resplandor sobre el mar en calma, Martina descontaba uno a uno los minutos que faltaban para acabar de perpetrar su venganza contra el hombre con el que no sólo compartía la cama, sino también un terrible episodio del pasado por el que ambos habían sido condenados a encontrarse tarde o temprano. Y así fue. Ocurrió el día menos pensado y en el lugar más imprevisto, como suelen suceder esas cosas que sólo el destino entiende. Martina consultaba un expediente en el escritorio de su consulta, a la espera de que entrara el siguiente paciente, cuando una de las enfermeras asomó la cabeza con cara de asombro, como si no se creyera lo que acababan de ver sus ojos. Está ahí fuera, dijo perpleja con una sonrisa nerviosa en sus labios. ¿Quién?, preguntó Martina, pero la enfermera no llegó a responder. La puerta se abrió frente a ella, y la figura del general Alonso del Potro avanzó despacio, con todo el descaro y la impertinencia de la que era capaz. Llevaba de una mano a su hijo, y la otra descansaba en el bolsillo de su pantalón beige planchado con raya.

Al contemplar aquella escena, Martina retrocedió en el tiempo y se vio con la misma edad que el pequeño Diego del Potro, paseando de la mano de su padre entre los naranjos que crecían en el patio de la casa de su infancia. Recordó sus manos grandes cogiéndola por la cintura y lanzándola por los aires, mientras sus carcajadas se perdían entre las paredes de aquel patio que olía a azahar. Al rememorar aquellos días felices, tuvo que reprimir ante el general sus instintos más violentos, y maldijo entre dientes a aquel hombre que volvía a cruzarse en su camino tres años después del fusilamiento del teniente coronel Alejandro Menéndez, padre de Martina, y una de las primeras víctimas que se llevó por delante la purga realizada en las Fuerzas Armadas contra todo aquel que no simpatizara con el golpe de estado triunfante. Para el general no pasó de ser otro nombre que ni siquiera recordaba. Uno más en su larga lista de cadáveres. Sin embargo, Martina jamás dejaría que el asesinato de su padre cayera en el olvido. Para ella no sería otra muesca de la miserable dictadura que personificaba el general Alonso del Potro, y convirtió aquel hecho tan doloroso en el inicio de una larga travesía, cuyo único objetivo era hacer justicia y vengar su memoria. Con ese propósito se alistó al Frente de Liberación, que en unos meses pasó de ser un pequeño grupo de críticos al sistema que perpetraban sabotajes contra los actos propagandísticos del Estado, a convertirse en una banda terrorista con delitos de sangre a sus espaldas. La feroz represión de aquellos primeros tiempos fue correspondida por el Frente con el mismo lenguaje que hablaban los militares: el de las bombas y el tiro en la nuca.

En el preciso instante en que vio al general entrar por la puerta, Martina supo que jamás tendría otra oportunidad como aquella para ganarse su confianza. Y no se equivocaba. Meses más tarde lograría que el mismísimo Alonso del Potro comiera de su mano gracias a los importantes avances que el pequeño Diego experimentaba en la remisión de sus cefaleas, que se volvieron cada vez más esporádicas. El chico se había convertido en el cliente más selecto de su afamada consulta, y Martina se entregó a su caso en cuerpo y alma, hasta conseguir aquellos resultados tan satisfactorios que le acercaron al entorno del general. Tuvo que tragarse el orgullo una y mil veces, pero finalmente se acostumbró a vivir con aquel remordimiento que se le atravesaba en la garganta y le revolvía el estómago.

Como agradecimiento por los servicios prestados, Alonso del Potro la invitó a cenar en el palacio presidencial, y aquella primera cita derivó en una segunda, en la que Martina comenzó a desplegar todos sus encantos de mujer. Le siguieron noches de charlas interminables, largos paseos al atardecer, un susurro al oído, el primer beso robado. Una historia de amor aparentemente idílica. Días de vino y rosas, mientras Martina hacía de tripas corazón. Con la sangre fría que se había labrado durante tres largos años en las trincheras del Frente de Liberación, fue urdiendo su plan, a medida que la gran bola de nieve que había creado a base de mentiras rodaba sin control y cuesta abajo, pisándole los talones ante cada vuelta de tuerca que la exponía a un peligro cada vez más inminente. Esas mentiras se repartían a partes iguales entre el general Alonso del Potro y Pablo Ayala. Llevaba una doble vida, en la que alternaba las noches con uno u otro, sirviéndose de las urgencias típicas de su profesión como excusa perfecta a sus ausencias. Hasta que al fin, una semana antes del terremoto, cuando tuvo el plan definitivo dibujado en su cabeza, no le temblaron las piernas para tomar dos de las decisiones más dolorosas de su vida. Fingir su propia muerte a los ojos de Pablo y establecer su residencia en el palacio presidencial, junto al hombre que más odiaba en el mundo. La segunda decisión le costó horrores y más de un dolor de cabeza. Le asombró, en cambio, lo sencillo que resultó ejecutar la primera. Seguramente fue porqué lo tenía todo bajo control, minuciosa como era en cada paso que daba. El guión ya estaba escrito: revolver su casa para dar veracidad a la teoría del secuestro, y conseguir que su nombre apareciera en los temidos listados de *Ingresos* y *Fusilamientos* de la cárcel de mujeres del Faro. La macabra leyenda sobre los zarpazos de la fiera y un funcionario corrupto, con acceso a los ficheros penitenciarios, hicieron el resto.

Durante aquella primera semana en el palacio presidencial, Martina se dedicó a observar con detalle cada uno de los movimientos del general y de su hijo Diego. Apuntaba en una pequeña libreta los horarios de entrada y de salida, las visitas, los actos protocolarios, y hasta las acciones más rutinarias que padre e hijo realizaban con una puntualidad escrupulosa, acorde a la familia a la que pertenecían, con varias generaciones de militares sin el más mínimo afecto por la improvisación. El plan de Martina, que tantos meses llevaba cocinándose a fuego lento, al fin estaba listo. Fue entonces cuando decidió llamar a Ricardo Mendizábal y poner en marcha el operativo. Se acabó la espera –le dijo-. Vamos a por el chico.

Disponía de toda la información que necesitaba para ejecutar su ansiada venganza, y se le erizó la piel sólo de pensarlo. En realidad, después de tanto tiempo aguardando pacientemente que llegara aquel momento, ni siquiera se conformaba ya con eso. Pretendía ir un paso más allá. Infligir una humillación histórica sobre la figura del general Alonso del Potro, someterlo al escarnio público en hora de máxima audiencia, acorralarlo hasta no darle más opción que la muerte.

Martina se removió en la cama ante las caricias del general, y su cuerpo desnudo cambió de posición hasta encontrarse de frente con aquella mirada lasciva que la devoraba de los pies a la cabeza. Buenos días mi amor, dijo ella, a lo que él respondió sin palabras, con un arrebato en forma de beso prolongado. Un impulso al que le siguieron más besos y caricias, y saliva, y olor a sexo desnudo y húmedo. Hicieron el amor de nuevo sobre las sábanas revueltas, mientras Martina intentaba alejar a Pablo de sus pensamientos para evitar que aquel nombre prohibido saliera de su boca. Cuando ambos quedaron saciados, aún con la respiración entrecortada, sus cuerpos brillantes volvieron a caer rendidos al sueño. Un instante de calma antes de la tormenta. Una tregua del destino. Una huída hacia adelante, bajo la luz dorada de ese nuevo día que les acabaría separando para siempre.

Capítulo 35

Pablo Ayala entró en la redacción del periódico con la mente ubicada en otro lugar, absorto en aquella imagen que mantenía grabada en su memoria: los hipnóticos ojos de Elena Velázquez. Eran de un azul tan intenso que no permitían mantener la mirada clavada en ellos más que un breve instante. Un destello de belleza. Si pudiera, Pablo Ayala hubiese dado media vuelta allí mismo y desandado el camino recorrido, con tal de perderse de nuevo en esos ojos que tanto le recordaban a los de Martina. Eran un salvavidas al que agarrarse para mantener encendida la llama de su recuerdo, un faro en medio de la oscura soledad en la que andaba sumido.

Unos pocos pasos le bastaron para darse de bruces con la realidad de aquellas cuatro paredes donde se ganaba la vida, y a la vez la malgastaba. Todo seguía tal y como estaba el día anterior. El ventilador del techo giraba sin tregua, varios televisores repartidos por la redacción retransmitían imágenes mudas del noticiero de la mañana, las columnas de humo de los cigarrillos invadían cada rincón de la sala, y un aroma a café recién hecho se percibía desde la entrada. Aún había poca gente en el periódico, pero Gutiérrez ya llevaba una hora al pie del cañón, dándole a la tecla. Tac, tac, tac.

- ¿Te crees que vas a heredar el negocio? –le espetó Pablo Ayala con una media sonrisa.

- Mantengo la esperanza intacta. Tú en cambio estás perdiendo muchos puntos. Menudas horas de llegar –dijo Gutiérrez con sorna.

- Pero si son las siete y media…

- Tarde para De la Serna.

- Por cierto, ¿dónde anda?

- Llamó hace un rato –apuntó Gutiérrez sin despegar la mirada de la pantalla de su ordenador-. Dijo que hoy no aparecería en toda la mañana. Va a cubrir la inauguración de la nueva sede del Ministerio de Defensa. Se ve que el ministro Miralles le invitó personalmente.

- Nada como codearse con la élite para poder informar desde primera fila.

- ¡Qué informar ni qué cojones! Ya sabes que sólo va a esos saraos por los canapés.

Pablo Ayala dejó a Gutiérrez hablando solo y se sentó en su escritorio. Echó un vistazo a los papeles esparcidos que cubrían la mesa, y rescató uno entre aquel desbarajuste al que tan sólo él sabía encontrarle un orden lógico. Observó con detenimiento la ficha policial de Elena Velázquez y la irreconocible fotografía que la acompañaba, y no halló en aquella expresión ni rastro de la energía arrolladora que desprendía en las distancias cortas. Únicamente se mantenía fiel a la realidad su mirada felina, que a Pablo Ayala le atrapó desde el primer instante, como una adicción peligrosa. No podía liberarse ni por un segundo de aquellos ojos de gata que le evadían del presente incierto, pero también le hacían recordar el secreto que ambos guardaban junto a Ricardo Mendizábal.

Entonces, sintió que no debía estar ahí, que estaba perdiendo el tiempo mientras Elena Velázquez –sola, y sin noticias de Ernesto Garfella- podría estar corriendo un grave peligro. Se trataba, simplemente, de una cuestión de prioridades. Se levantó y enfiló el camino hacia la puerta sin reparar en Gutiérrez, que siguió sus pasos con la mirada.

- ¿Dónde vas?
- Me tomo el día libre –respondió Pablo Ayala, tras detenerse un instante.
- ¿Estás mal de la cabeza?
- Si pregunta De la Serna, invéntate algo.

Gutiérrez se quedó con la boca abierta, viendo a su viejo compañero perderse escaleras abajo. Por primera vez en su vida, Pablo Ayala siguió los impulsos del corazón y dejó de hacer lo que de él se esperaba. Al infierno la maldita costumbre de complacer a todo el mundo. Aquella mañana, al fin se dio cuenta del vértigo que daba ser libre.

Capítulo 36

El Chino Perrone empujó con ímpetu la puerta del Bar-Restaurante La Alameda, de la cual colgaba el cartel de una conocida marca de refrescos, que hacía saber al personal interesado que el local se encontraba abierto de las 7:00 a las 23:00 horas. El tintineo de la campanita que pendía del techo llamó la atención del camarero –pelo canoso, bigote poblado, nariz aguileña-, que desvió su mirada levemente hacia la entrada mientras seguía apilando sobre la cafetera las tazas recién fregadas. El Chino Perrone cruzó aquel comedor de baldosas de terrazo encachado y se sentó en un taburete, apoyando los codos en el mostrador de la barra de aluminio, que brillaba bajo la luz blanca de tres lámparas colgantes. Jefe, póngame un café, dijo levantando la mano derecha, y tras perder unos segundos observando la colección de botellas que reposaban en la estantería de enfrente, agarró un periódico que comenzó a hojear con desgana.

En su cartera guardaba la tarjeta que había rescatado del pantalón de Ernesto Garfella, en cuyo reverso continuaba escrita la única pista de la que disponía. Un número que era un misterio y el nombre del chaval que estaba en boca de toda la isla. El camarero dejó el café sobre la barra y le acercó un servilletero con publicidad en los laterales.

- Si le digo 552, ¿qué le viene a la cabeza? – preguntó el Chino Perrone mientras removía el azúcar en la taza.

- Así, a bote pronto, le puedo decir que ése es el número de veces que he pensado en jubilarme. Pero ya ve, aquí sigo.

El camarero le arrancó una sonrisa a Gastón Perrone, e inmediatamente volvió a tomar la palabra al recordar un detalle que se le había pasado por alto.

- Bueno, ahora que lo pienso, ése es el número de un despacho de ahí –dijo señalando a través de la ventana-, de la universidad. Lo sé porque es el que hay justo al lado de la sala de actos, en la segunda planta. A veces llevamos el cátering cuando hay alguna conferencia.

El Chino Perrone giró sobre el taburete para observar aquel edificio ubicado al otro lado de la calle. Era moderno, un elemento extraño entre bloques de viviendas, un intruso arquitectónico de grandes ventanales polarizados en los que se reflejaba el azul del cielo. Introdujo la mano en el bolsillo de su pantalón y sacó varias monedas, que dejó sobre el mostrador con un golpe seco. Tras ponerse en pie, se tomó el café de un solo trago y salió por la puerta, llevando sus pasos hacia la entrada de aquel gigante de cristal, en cuya fachada podía leerse *Facultad de Medicina* con grandes letras plateadas.

Accedió al vestíbulo. Esperó el ascensor. Entró y presionó el número dos. Todo ello con su andar elegante y esa pizca de chulería que nunca dejaba indiferente a nadie. El Chino Perrone destilaba seguridad, cosechada después de tantos años de experiencia en el gremio de la extorsión y la muerte. Cuando el asunto se trataba de matar o morir, era expeditivo, implacable. La vida le había enseñado que la mínima duda, el más ínfimo ademán de tibieza, le podía llevar de cabeza al depósito de cadáveres. En el trayecto hacia el segundo piso, plantado frente al espejo, se retocó el cuello de la camisa negra que lucía bajo una chupa de cuero, y se atusó el cabello con ambas manos hasta que se oyó un clic que precedió a la apertura de las puertas metálicas. Le esperaba un largo pasillo repleto de despachos a ambos lados, y avanzó lentamente, con todos los sentidos en máxima alerta por si había que recurrir a su vieja amiga, la eficiente Colt Gold Cup con cachas doradas. Quince metros más adelante, un pequeño letrero que colgaba junto a una de aquellas puertas que poblaban el pasillo, arrojó algo de luz a sus preguntas. Tal y como le había informado el camarero, aquel misterioso 552 no era más que el número de un despacho. Nada que ver con las mil y una hipótesis que se había planteado alrededor de aquellas tres cifras. Una habitación de hotel, un amarre en el puerto, una caja de seguridad. Demasiadas conjeturas y ninguna certeza, hasta que se topó de frente con la ansiada cifra, que al fin dejó de ser un enigma. El otro interrogante vino acompañado de una nueva incógnita que debía ser despejada. El

Diego al que se refería la tarjeta de Ernesto Garfella no era quién él esperaba. Ni rastro del pequeño Del Potro. Le cambió la expresión al comprobar que el despacho pertenecía a un tal Diego Sáez, profesor de Medicina Preventiva y Salud Pública. Una pequeña decepción que le hizo recordar que al general Del Potro se le acababa el tiempo. ¿Pero quién coño es este tipo? –se preguntó el Chino Perrone antes de forzar la cerradura del despacho. Sólo tardó cinco minutos en averiguarlo, y avanzándose a los acontecimientos, rezó una oración por aquella alma que estaba a punto de pasar a mejor vida. Que Dios lo tenga en su gloria, susurró mientras se persignaba. Después de caminar lentamente alrededor de la mesa del despacho, estudiando de qué manera darle muerte al reo ya sentenciado, se dejó caer sobre la butaca negra de piel que quedaba frente al escritorio. No tuvo tiempo de relajar sus músculos, cuando la puerta se abrió y apareció un tipo menudo, bien trajeado, que portaba un maletín marrón con hebillas doradas. Era moreno, lampiño, de ojos prominentes que intentaba disimular tras unas gafas de montura redonda.

- ¿Quién es usted y qué hace en mi despacho? –exclamó Diego Sáez con vehemencia.

- Entre y siéntese –dijo Gastón Perrone, apuntando con su arma a aquel hombre, que no tuvo más opción que obedecer al ver la imponente Colt Gold Cup mirándole a los ojos.

Se hizo un silencio breve, plomizo, durante el cual el Chino Perrone escudriñó cada uno de los gestos del profesor. Y no le gustó lo que vio. Su mirada no transmitía el más mínimo temor, e invitaba a pensar que la seguridad como virtud no la tenía el Chino Perrone en exclusiva. Aquel tipo era un bloque de hielo al que le iba a costar meterle mano.

- Ahora le haré dos preguntas muy concretas, y espero que sea tan amable de darme una respuesta convincente a cada una de ellas. Sólo de usted depende sufrir una muerte rápida o un suplicio insoportable, pero una cosa sí que le puedo garantizar: de este despacho no va a salir con vida. Tengo todo el día por delante, un rollo de cinta americana en mi chaqueta, y esta vieja reliquia.

El Chino Perrone sacó de su bolsillo una navaja, en cuyo mango de asta y latón podían leerse sus iniciales grabadas, y la dejó sobre la mesa después de abrir con destreza la afilada hoja, que en su movimiento emitió un destello imperceptible.

- Le presento a Dolores –dijo con una sonrisa cínica en los labios-, y le aseguro que el nombre le hace justicia. Estoy convencido de que entre ustedes va a nacer una bonita amistad si finalmente opta por escoger el camino equivocado. A partir de la tercera incisión, cuando ya le tenga confianza, incluso le dejará que la llame Lola.

- Está loco... –dijo Diego Sáez negando con la cabeza.

- Primera pregunta –interrumpió bruscamente el Chino Perrone-. ¿Me puede explicar, señor Sáez, cómo un refutado médico como usted, docente en esta prestigiosa universidad, tiene escondido en el cajón de su escritorio un revólver junto a unos planos del colegio San Rafael?

El profesor ni pestañeó. Se mantuvo inmóvil, en aquella posición que no había abandonado desde que el Chino Perrone le ordenara sentarse. Las piernas cruzadas, ambas manos apoyadas sobre la rodilla derecha, la espalda bien recta y la mirada altiva, como si la cosa no fuera con él.

- ¿No piensa contestar? –insistió el Chino Perrone-. En ese caso, ahí va mi segunda pregunta, y su última oportunidad para irse de este mundo en paz consigo mismo. ¿Por qué aparece usted en esa orla –señaló la pared con el dedo índice-, junto a la persona que murió ayer ante mis ojos? Se llamaba Ernesto Garfella. ¿Le suena, verdad?

Al escuchar aquel nombre, Diego Sáez se levantó lentamente, con una calma anómala ante la embarazosa situación en la que se encontraba inmerso. ¿Quién le ha dicho que se mueva? –exclamó el Chino Perrone, levantando el arma de costado-. Parecía como si el profesor no oyera ni una de las palabras que salían de la boca de aquel personaje siniestro que le apuntaba a la cabeza. Lucubraba algo en su mente que no le permitía prestar atención a ninguna otra cosa. Diego Sáez expiró una bocanada de aire que sonó a despedida. Un último y sonoro suspiro para liberarse del miedo a lo desconocido que invadía su corazón. Entonces miró al Chino Perrone con desprecio, y sin mediar palabra recorrió como alma que lleva el diablo los escasos metros que le separaban de la ventana. De un brinco se prendió al marco de aluminio y saltó al vacío, dejando a Gastón Perrone con el brazo en alto y sin ninguna de las respuestas que esperaba encontrar aquella mañana. Otra piedra en el camino lleno de socavones que debía conducirle a Diego del Potro.

El Chino Perrone vio desde la ventana cómo los primeros curiosos se arremolinaban alrededor del cuerpo sin vida que acababa de caer de las alturas, y decidió que lo más sensato era marcharse de allí cuanto antes. Rompió el marco de la orla y enrolló la cartulina, dejando una alfombra de cristales en el suelo. Al echar un último vistazo a su alrededor agarró el maletín que Diego Sáez había depositado en una esquina, y tras comprobar que no había nadie en el pasillo, escapó como un fantasma por las escaleras de emergencia. Aquella era la historia de su vida. Una huída constante a ninguna parte, un reguero de cadáveres en el camino y un destino caprichoso en el que siempre encontraba una mano tendida.

Capítulo 37

Llevaba quince minutos hablando de las bondades del régimen frente a un atril metálico que brillaba bajo el sol del mediodía. La reducción de la tasa de desempleo, el repunte de la economía, la mejora de los índices de consumo. Datos que a pesar de no ser de su competencia, el ministro Alberto Miralles describió como indispensables para el aumento de la inversión en infraestructuras, y citó como ejemplo más evidente la construcción de la nueva sede del Ministerio de Defensa, cuyo edificio lucía majestuoso a su espalda. Continuó con la retórica oficial, como quien repite un mensaje interiorizado en la memoria, y pasó a enumerar toda una retahíla de lugares comunes que tenían como único fin ensalzar la figura mesiánica del general Alonso del Potro.

Las gotas de sudor le corrían por el pecho –empapando la tela del chaleco antibalas-, y los latidos de su corazón se aceleraron al advertir que su discurso de inauguración estaba a punto de finalizar. Sólo quedaban cinco minutos para ejecutar el plan urdido por la cúpula militar, y fue entonces cuando le asaltaron las dudas sobre si sería capaz de interpretar su papel con la perfección que requería aquel incómodo episodio que estaba a punto de protagonizar. Las imágenes se sucedían en su mente, visualizando paso a paso lo que le deparaba el futuro más inmediato: recibir el impacto de aquella bala que llevaba su nombre, caer sobre el asfalto, tratar de sobrevivir al caos que se iba a desatar en cuanto Lince abriera fuego.

El ministro se repuso de aquel breve letargo, durante el cual su imaginación le tomó varios cuerpos de ventaja, y a pesar del silencio tenso que sobrevoló el ambiente, logró encauzar la situación con entereza. Leyó lentamente las últimas líneas de su discurso y dio paso al acto cumbre de la inauguración: el corte de cinta. Habían establecido que aquel simple gesto protocolario se convertiría en la señal con la que Lince daría comienzo al espectáculo. Mientras el público aplaudía su intervención, los ojos de Alberto Miralles escaparon fugazmente hacia la ventana en la que se encontraba la causa de sus preocupaciones. Un vistazo rápido, involuntario, un tic nervioso, un último deseo de que finalmente todo se tratara de una broma de mal gusto. Pudo comprobar que la ventana estaba abierta, con las persianas medio bajadas, y se adivinaba en su interior un bulto inmóvil a la espera de su entrada en escena.

Alberto Miralles imaginó el dedo índice de Lince levemente reposado en el gatillo, una mueca extraña en su rostro, un guiño en el ojo izquierdo mientras observaba con el derecho su figura en el centro de la mira telescópica. El ministro caminó hacia la cinta con paso ligero, con la ansiedad latente de querer acabar con aquello cuanto antes. Al fin y al cabo, no era más que un mal trago que había que pasar. Los francotiradores permanecían atentos en sus posiciones, a pesar de ser conscientes de la farsa de la cual formaban parte, mientras abajo, en la primera fila de autoridades, De la Serna seguía los pasos del ministro con su mirada fría y afilada. Alberto Miralles se detuvo al fin frente a la cinta y agarró con decisión las tijeras que descansaban sobre una bandeja dorada que sostenía una azafata de larga melena azabache y vestido entallado. Soñó entonces con detener el tiempo, que el segundero hiciera clac y varara en aquel instante como una lancha en un banco de arena. Y escapar entre los cuerpos inmóviles, y dejar atrás sus expresiones congeladas, y decirle adiós a Lince y a su mueca absurda. Pero al sentir el frío metal de las tijeras entre sus manos, supo que ya era demasiado tarde. No había más opciones. Puerta grande o enfermería. Introdujo sus dedos en los orificios y abrió las afiladas hojas para proceder al corte reglamentario. Limpio y certero como el proyectil que estaba a punto de surcar los aires para acabar anidando en su pecho. Una última mirada furtiva a la ventana precedió al sonido del disparo que retumbó entre los edificios para acabar diluyéndose ante los gritos de la gente que corría despavorida. Aquella estampida descontrolada pasó como un vendaval por encima del ministro Miralles, cuyo cuerpo ya sin vida descansaba en el suelo, con una bala en la cabeza y un gran chorro de sangre espesa desparramada sobre el asfalto.

A través del auricular que les mantenía conectados con el superior al mando, los francotiradores recibieron dos breves mensajes. Uno era una evidencia palpable y el otro una orden concisa:

- ¡Han matado al ministro! ¡Abran fuego!

Varias ráfagas de disparos partieron desde los tejados de los edificios contiguos hasta la ventana que llevaban horas vigilando, y en la que no se distinguía ningún movimiento extraño. Fue un estruendo ensordecedor que provocó aún más carreras entre la multitud que trataba de ponerse a salvo. Joaquín de la Serna continuaba inmóvil, petrificado ante lo acababa de presenciar a tan sólo unos metros de su posición privilegiada. Pero a pesar del desconcierto, su mente se mantuvo ajena a la locura que reinaba a su alrededor, y trató de retener cada detalle con precisión quirúrgica. Estaba convencido de que aquella mañana escribiría el artículo de su vida. Deformación profesional, pensó, y justo en aquel instante, a través del tumulto que ya se comenzaba a dispersar, vio salir a un hombre del portal que le quedaba enfrente. Era alto, de mediana edad, con la barba poblada, y caminaba con las manos en los bolsillos. Precisamente fue aquel pequeño detalle lo que a Joaquín de la Serna le llamó la atención. La calma con la que se alejaba del lugar del que todo el mundo huía aterrorizado.

Entonces tuvo una corazonada, un pálpito en el que confió empujado por aquella vena periodística que solía meterle en problemas. Haciéndose hueco entre empujones avanzó hasta situarse a la espalda del hombre que bajaba por la avenida con una parsimonia que, dadas las circunstancias, era cuanto menos inusual. Joaquín de la Serna ralentizó el paso al verse demasiado cerca de su objetivo, y se situó a una prudencial distancia para no llamar su atención. Y ahora qué, se preguntó después de deambular durante quince minutos tras una intuición cuyo único fundamento era una simple muestra de sangre fría ante el caos. Iba a encontrar la respuesta al doblar la siguiente esquina, aunque de haberlo sabido, hubiera preferido continuar sumido en el desconocimiento más absoluto. Y es que a veces, hay intuiciones que es mejor ignorar.

Capítulo 38

- Adelante –dijo Alonso del Potro al escuchar que llamaban a la puerta de su despacho.

Tras ella apareció un miembro del servicio de seguridad con un pequeño paquete entre las manos, y después de solicitar su permiso avanzó tímidamente hasta plantarse frente al general, que desde el escritorio donde se encontraba sentado seguía sus pasos con aquella penetrante mirada por encima de las gafas que descansaban en la zona inferior de su nariz angosta.

- Acaba de llegar esto para usted, señor.
- Déjelo sobre la mesa –respondió el general, acompañando sus palabras con un ligero movimiento de cabeza-. Puede retirarse.

Al cerrarse la puerta, Alonso del Potro dejó caer su pluma estilográfica con desgana sobre los documentos que estaba revisando, se frotó los ojos ante el cansancio acumulado de los últimos días y escudriñó el paquete en busca de un remitente que no encontró. No le dio más importancia. Llegaban cajas como aquella con cierta asiduidad. Solían ser regalos de gente bien posicionada en la cúspide del poder, que esperaba concesiones en forma de contratos a cambio de lujosos detalles que el general sabía recompensar con generosidad entre los más afines al régimen.

Sin más reparo, agarró su abrecartas con mango de marfil tallado y procedió a cortar la cinta adhesiva que recubría la caja de cartón. Al abrirla encontró una nueva caja. Ésta era roja, de metacrilato, y tenía un pequeño broche dorado que hacía de cierre. Lo desprendió con facilidad, y tras aquel sonoro clic levantó la tapa para comprobar qué escondía su interior. No le hizo falta más que un rápido vistazo para intuir que el plan ideado la noche anterior por la cúpula militar había fracasado estrepitosamente, y que a aquellas horas, la larga lista de cadáveres que el Frente de Liberación dejaba tras de sí, había sumado dos nuevas víctimas.

Una oreja ensangrentada que asomaba dentro de la caja le hizo llegar a aquella conclusión precipitada, pero fue el pendiente que colgaba de su lóbulo el que se lo confirmó con absoluta seguridad. El general no tenía la más mínima duda de que aquel aro de plata labrada pertenecía a Lince, porque él mismo se lo regaló. Era parte de su nueva identidad. Un toque rebelde, descuidado, que le alejaba de la imagen de alguien que pudiera tener el más mínimo vínculo con el régimen.

Imaginó entonces la escena. El frío cuchillo cortando la carne, la sangre fluyendo por la herida, un grito ahogado hasta perder la conciencia. Se le humedecieron los ojos al advertir que todo cuanto tenía en la vida se le estaba escapando entre los dedos, y sintió impotencia, y miedo, y un extraño remordimiento por llevar hacia el desastre a todo aquél que anduviera a su alrededor. Si Lince está muerto –pensó Del Potro-, el ministro Miralles habrá corrido la misma suerte. El Frente nunca deja cabos sueltos.

Sin tiempo para asimilar el terrible mensaje que portaba aquel regalo envenenado, el teléfono de su despacho sonó con insistencia, y el general supo entonces que las malas noticias nunca venían solas.

- Del Potro al habla –dijo con un nudo en la garganta que trataba de disimular.

- ¡Ha sido una trampa, señor! –gritó la voz nerviosa y atropellada que hablaba al otro lado del teléfono. El general reconoció de inmediato a Santiago Espínola, ministro de Economía, que aún temblaba tras haber asistido al sangriento espectáculo desde su butaca de autoridades.

- Ya lo sé, joder –respondió Del Potro-. Ahora mismo tengo en mis manos una caja con restos de sangre seca y la oreja amputada de Lince en su interior. ¿Se puede saber qué cojones ha pasado?

- Que todo ha salido mal, mi general. No sé cómo, pero ya conocían nuestros planes, y desde luego, eran conscientes de la existencia de un topo entre sus filas.

- Eso es evidente. ¿Me puedes contar algo que no sepa?

- Pues que esto ha sido una carnicería. Cuando el ministro Miralles procedía a cortar la cinta, alguien le ha volado los sesos desde algún lugar que aún no hemos localizado. Nuestros hombres han respondido acribillando a balazos la ventana desde la que Lince debía haber disparado. Dieron por hecho que la bala que alcanzó a Alberto provenía de allí. Todo fue tan rápido…

- ¿Y Lince?

- Estaba en su posición cuando los cuerpos especiales llegaron al apartamento –balbuceó el ministro Espínola-. Se lo encontraron maniatado al respaldo de una silla y amordazado con cinta americana. Tenía la cara cubierta de sangre. Los muy salvajes le habían arrancado la oreja derecha, aunque ese dato ya lo conoce usted de primera mano. Lo más estremecedor es que aún estaba vivo cuando le dispararon desde la azotea.

- ¿Cómo puedes estar tan seguro de eso?

- Junto a Lince había una cámara de video sobre un trípode. Está todo grabado. Y le puedo asegurar que las imágenes ponen los pelos de punta.

Del Potro comprendió entonces que el Frente de Liberación había estado jugando con ellos desde el principio. No pudo verlo antes, a pesar de las señales que así lo indicaban. Le había cegado la urgencia de encontrar al pequeño Diego y traerlo de vuelta a casa. El meteórico ascenso de Lince debió ponerle en alerta de que algo no estaba siguiendo los cauces adecuados, pero pudo más la ansiedad que la razón. El tiempo apremiaba y nadie se paró a pensar en las causas ni en las consecuencias de los acontecimientos que llevaron a Lince a convertirse en el elegido para ejecutar al ministro Miralles.

Llegados a este punto, el general se hizo la única pregunta que cabía hacerse. ¿Cómo habían descubierto a Lince? E incluso se atrevió a hacerse una segunda, que le abrió los ojos. ¿Quién le había traicionado? Ahí fue cuando cayó en la cuenta de que, en realidad, era aquella banda de insurgentes quien tenía un topo que estaba haciendo bien su trabajo, y que el tiro que debía dinamitar desde dentro al Frente de Liberación, le había salido por la culata. Les había menospreciado, y ahora lo estaba pagando con creces. Seguía en el punto de partida, aunque con dos problemas añadidos: contaba con otro día perdido y con un infiltrado entre su gente de confianza que no había levantado la más mínima sospecha. Aquella rata se movía con total impunidad, y la única opción para llegar a Diego era darle caza antes de que abandonara aquel barco que se hundía sin remedio.

El general caminó lentamente por la habitación con las manos unidas a su espalda, envuelto en un silencio que cortaba el aire. Se detuvo frente al cuadro abstracto de tonos fríos que decoraba la amplia pared del despacho y pasó sus dedos por la parte superior del marco, que alcanzó a duras penas de puntillas. Lo descolgó con cuidado y examinó el hueco que formaban las maderas en su parte posterior. Tras devolverlo a su posición inicial prosiguió inspeccionando cada una de las figuras que decoraban el viejo mueble de roble, y después miró bajo la mesa, y husmeó en el interior de la lámpara, y palpó el tapizado de las sillas, y levantó la alfombra, hasta que al fin se rindió, hundiéndose en su butaca rojiza con vistas al jardín. No había ni rastro de micrófonos. Cerró los ojos y la primera imagen que visualizó fue la de Lince, años atrás, cuando era un crío que entraba por primera vez en aquella casa que le era extraña. Acababa de perder a su padre y se sentía tan indefenso que no se atrevía ni a traspasar el umbral de la puerta junto a su tío, el todopoderoso general Alonso del Potro. Al recordar su mirada asustada, imaginó aquella misma expresión reflejada en su rostro en el instante en que su captor se le aproximó por la espalda, cuchillo en mano. El general sintió entonces cómo una lágrima humedecía su mejilla hasta acabar precipitándose contra el suelo, y ante aquel dolor que le inundaba el alma tomó la inmediata decisión de no perder ni un solo segundo de su valioso tiempo en la autocompasión. Se levantó de la butaca como un resorte y alcanzó de nuevo el teléfono que descansaba sobre su escritorio. Tecleó los números con impaciencia, y tras escuchar varios tonos, saltó el contestador.

La voz rotunda del Chino Perrone le invitaba a dejar un mensaje después de la señal. El general respondió colgando el auricular con un golpe seco. Aquel tipo era la última esperanza a la que podía agarrarse, y al comprobar que no estaba a su disposición cuando más lo necesitaba, entró en cólera. Le había pagado una cantidad indecente de dinero para que, al menos, tuviera la deferencia de atenderle el teléfono. Lo que el general Del Potro desconocía era que, en aquel preciso instante, el Chino Perrone estaba tirando de los hilos adecuados para lograr estrechar el cerco sobre el paradero de Diego, y que en breve tendría noticias suyas. También desconocía que aquellas noticias le iban a romper el corazón.

Capítulo 39

- Me acabas de alegrar el día -dijo Ricardo Mendizábal tras apoyar el cañón de su revólver sobre la frente de Joaquín de la Serna.

Le estaba esperando al doblar la esquina que unía dos de las calles más pintorescas de la isla. Casas bajas, alfombra de adoquines, macetas con llamativas flores en los balcones y antiguas farolas de forja que daban a aquel lugar la impresión de haberse detenido en el tiempo.

- Mira a quién tenemos aquí –prosiguió Ricardo Mendizábal-. Pero si es Joaquín de la Serna. El amigo juntaletras del general Del Potro. ¿Me estás siguiendo?

- ¿Nos conocemos, o eres un simple lector disgustado con alguno de mis artículos? –preguntó De la Serna sin dejarse intimidar por el arma que le apuntaba a la cabeza.

- Conozco a muchos hijos de puta como tú. Los huelo a quilómetros. Y no. Yo no leo esa basura.

- ¿Fuiste tú quien disparó a Miralles, verdad? –volvió a preguntar sin rodeos.

- ¿No crees que vas demasiado rápido? Ya tendremos tiempo de intimar y contarnos nuestros secretos más inconfesables.

Ricardo Mendizábal se situó a su espalda, y tras propinarle un violento empujón continuó encañonándole con el revólver. Camina y no hagas ninguna tontería, dijo entre dientes, mientras comprobaba que nadie a su alrededor le estuviera observando. Recorrieron varios metros en un silencio extraño que se mantuvo hasta el final de aquella calle que desembocaba en la plaza donde la estatua del general Del Potro ya había sido restaurada. Lucía brillante y pomposa, erguida de nuevo sobre su pedestal, como si nada hubiera ocurrido en aquella isla sin nombre que aún seguía llorando a sus muertos. Joaquín de la Serna la miró de reojo y recordó el mensaje recibido en su despacho hacía poco más de veinticuatro horas. Quizá fue aquel mismo tipo que tenía pegado a su espalda el autor de la llamada que amenazaba con cortar en pedacitos al pequeño Diego del Potro. Quién sabe. En todo caso, poco importaba ya. Fuera él o no, De la Serna se había visto obligado a pasar por el trance de darle aquella terrible noticia al general, y a pesar de que le costó Dios y ayuda encontrar las palabras adecuadas, finalmente salieron solas de su boca. Como un torrente. Directas al corazón. Aquella fue la última vez que había hablado con el general, y justo un día después, por aquellas casualidades del destino, se sorprendía a sí mismo pensando seriamente en la posibilidad de que aquella estatua de bronce que miraba al infinito, fuera la última imagen de Alonso del Potro que contemplaran sus ojos.

Ricardo Mendizábal extrajo unas llaves del bolsillo del pantalón y, sin dejar de apuntar a De la Serna, abrió la puerta de su apartamento con determinación. Ambos cruzaron el umbral hasta verse engullidos por la oscuridad de aquella casa de fachada estrecha, y al cerrarse la puerta roja sobre la que colgaba un número ocho metálico y brillante, Joaquín de la Serna supo que iba a morir. Lo supo con resignación, como quien ya ha visto el final de esa película. Sin pánico ni estridencias. Tan sólo lo asumió como buenamente pudo. Tras andar unos pasos se quedó inmóvil, con el único propósito de esperar lo inevitable. Y en ese instante de rendición sin condiciones, fue cuando un último destello de locura le rondó por la cabeza -girar y abalanzarse sobre aquel hombre armado, repeler el disparo a bocajarro, jugarse el tipo a todo o nada-, pero ya era tarde. Ricardo Mendizábal le propinó un golpe certero en la nuca con la culata del revólver, y su cuerpo cayó a plomo contra el parqué, dibujando un charco de sangre que se expandió lentamente por las láminas de madera oscura.

Afuera, el sol seguía brillando sobre los restos de aquella dictadura que pendía de un hilo, mientras en el interior de la casa, Ricardo Mendizábal arrastraba el cuerpo de Joaquín de la Serna por el pasillo, dejando un reguero rojizo y otro cadáver caliente alrededor de la figura del general Del Potro. Definitivamente, la isla se había convertido en un lugar hostil y peligroso, donde la vida sólo daba lugar a dos opciones. Matar o morir en aquella guerra sucia que no hacía prisioneros.

Capítulo 40

El maletín de Diego Sáez contenía todo lo que el Chino Perrone necesitaba encontrar. Unas tarjetas de visita con la dirección de su consulta y las llaves que abrían la puerta de aquel quinto piso ubicado en el barrio de Santa Águeda. Después de conducir entre las calles que aún contenían los restos de la tragedia que trajo consigo el terremoto, Gastón Perrone aparcó su deportivo negro con llantas de aluminio a cien metros de su destino y apagó el motor que rugía como un animal salvaje. Al salir del coche encendió un cigarrillo y aspiró el humo como si aquella profunda bocanada fuera la última. Pensó en las escasas horas que quedaban por delante y en cómo, con el paso de las mismas, se irían reduciendo las opciones de concluir con éxito el encargo recibido de boca del general Del Potro.

Recorrió abstraído aquel breve trayecto, a través de las aceras estrechas que anhelaban un mínimo de contacto con la luz del sol, hasta que llegó a un portal con vidrieras biseladas y una gran puerta de doble hoja que le daba al edificio un aire señorial, un toque de elegancia que desentonaba con su entorno decadente. En la placa metálica colgada junto a un interfono repleto de pequeños timbres dorados, aparecía escrito el nombre de Diego Sáez sobre el número del piso y la escalera donde se ubicaba su consulta. Quinto primera. El Chino Perrone se apoyó levemente en la puerta entornada y ésta se abrió, mostrando su lujoso interior de azulejos con teselas de color cobre, y una portería acristalada que en aquel instante se encontraba vacía.

Aprovechó la ausencia del conserje para llegar sin oposición hasta el ascensor y abrir su pesado armazón de hierro en forma de acordeón. Se adentró en aquella estructura centenaria que no le ofrecía demasiada confianza y, al apretar el botón, se elevó con lentitud hasta alcanzar el quinto piso. Un último chirrido le hizo abandonar aquel claustrofóbico cubículo con la máxima rapidez de la que fue capaz, y al poner un pie en el rellano de la escalera, se santiguó. La puerta de la consulta era rústica, de madera tallada. Con sigilo introdujo la llave en la cerradura y, después de dos giros completos en el tambor, empujó. Le recibió una sala de espera en penumbra, con butacas acolchadas de un rojo intenso y la recepción al fondo, donde comenzó a registrar cada uno de los cajones, sin hallar en ellos ninguna información relevante. A través de un largo pasillo fue accediendo a las dependencias que aparecían repartidas a ambos lados, unas con camillas y material sanitario, otras con maquinaria que el Chino Perrone no supo distinguir ni para qué servía. Y es que en su gremio no era demasiado frecuente la visita a hospitales, ni a cualquier centro de salud que tuviera los permisos en regla, por lo que las heridas de bala y los demás gajes de aquel arriesgado oficio solían arreglarse en la más estricta intimidad, con la única compañía de algún médico de confianza que no hiciera preguntas y que, sobre todo, no diera respuestas a quien estuviera interesado en ellas.

Al final del pasillo había un cuarto de baño y una puerta cerrada a cal y canto. El Chino Perrone sacó de su bolsillo el ramillete de llaves que había rescatado del maletín, y entre todas ellas escogió la más pequeña y brillante, que entró limpiamente en la ranura dentada. El despacho de Diego Sáez se abrió ante sus ojos: techos altos de madera con ventiladores de aspas, suelos de mármol y paredes repletas de diplomas. Le impresionó la cantidad de títulos que una persona tan joven como el difunto doctor Sáez había sido capaz de recopilar en su breve carrera profesional, y sonrió con malicia al imaginar el salón de su pequeño apartamento, si en el peligroso oficio que llevaba desempeñando durante más de veinticinco años, existieran este tipo de reconocimientos. No se vería la pared, pensó en voz alta.

Sin perder más tiempo en lucubraciones estériles, removió cada centímetro del despacho hasta dejarlo como si acabara de pasar una manada de elefantes. Los libros abiertos se amontonaban en el suelo, sobre pilas de papeles y cajones vacíos que habían abandonado su lugar en el viejo mueble colonial situado junto a un diván de piel sintética. Abriéndose paso entre aquel desbarajuste, el Chino Perrone llegó hasta la mesa del despacho, en la que reposaban varios portarretratos que observó con detenimiento. Un simple detalle le llamó la atención. Diego Sáez aparecía solo en aquellas imágenes, a excepción de tres de ellas, en las que posaba junto a un hombre alto, de pelo ondulado, barba espesa y mirada inquietante, que vestía una bata blanca adornada con un estetoscopio que colgaba de su cuello. El Chino Perrone supuso que se trataba de una persona sobre la que Diego Sáez sentía un gran respeto profesional, además de una profunda amistad. E incluso, en esa improvisada radiografía en la que imaginó la relación que se adivinaba entre aquellos dos hombres, añadió una buena dosis de idolatría como elemento indiscutible. Sólo así podía entenderse que fuera la única persona que apareciera en aquellas fotografías, ubicadas en un emplazamiento tan sagrado para un médico como el lugar donde recibía a sus pacientes. No había situado en aquel enclave estratégico ni a su propia mujer, de la cual solamente existían un par de retratos artísticos, en blanco y negro, sobre una repisa que colgaba de la pared.

El Chino Perrone extrajo aquellas imágenes de sus marcos metálicos, y sin el más mínimo esmero las guardó en el bolsillo de la chaqueta. Le daba en la nariz que aquel personaje iba a ser importante en su camino hacia Diego del Potro, y no iba nada desencaminado. En pocas horas daría con aquel hombre hasta ahora desconocido, y éste con sus huesos en el maletero de su deportivo negro con llantas de aluminio.

Sin echar la vista atrás, Gastón Perrone salió de la consulta dejando la puerta abierta de par en par, y bajó por las escaleras mientras el ascensor seguía chirriando, sin concederle una mínima tregua al silencio. Al sentir los peldaños bajo sus pies, agradeció el contacto con el suelo firme, y pensó que definitivamente, no era el momento de tentar al destino.

Capítulo 41

Pablo Ayala había disfrutado durante todo el día de la compañía de Elena Velázquez y Diego del Potro, tras la espantada que horas antes había consumado ante los ojos de Gutiérrez. Las paredes de aquel piso franco se habían convertido en su nuevo hogar, a falta de otro techo en el que cobijarse. Una patria obligada con fronteras de hormigón y cristal de doble cámara. Su casa seguía en ruinas, al igual que su corazón, y ante aquella evidencia no halló mejor antídoto contra la tristeza que vivir entregado a aquello que consideraba justo; y para Pablo Ayala no había una injusticia mayor que tener encerrado contra su voluntad a aquel chico de ocho años que le estaba dando una lección de valentía. Eso de lo que él siempre careció. Por ese motivo decidió que haría su estancia lo más llevadera posible. Ese sería su cometido a partir de ahora, y aquella misma mañana comenzó a ponerlo en práctica. Al regresar del periódico vieron juntos una película, y después de comer jugaron a las cartas hasta bien entrada la tarde.

El sol ya estaba descendiendo, y en su ocaso lento tiñó el cielo de un rojizo que impregnó las nubes más bajas, aquellas que se unían con el mar, creando una de esas fotografías de postal que se vendían en los quioscos del puerto. Eran las nueve en punto, y la llamada rutinaria de Ricardo Mendizábal estaba al caer. Cuando Elena Velázquez cerró la puerta y les dejó solos en aquella habitación, apenas iluminada por una pequeña lámpara de mesa, Pablo Ayala seguía sentado a los pies de la cama, con un cuento en las manos y la imaginación desbordada en aquella historia que estaba llegando a su fin. Y colorín, colorado, dijo al doblar la última página, mientras Diego del Potro se entregaba al sueño, mecido suavemente por su respiración profunda y acompasada. Permaneció unos minutos contemplándole en silencio, y comprendió que era inagotable la capacidad del ser humano para adaptarse a cualquier circunstancia, por más insoportable que ésta fuera. Se levantó con tiento -sin poder evitar el sonoro crujido de sus rodillas-, y apagó la luz antes de salir y encontrarse de nuevo con Elena Velázquez, que le esperaba sentada en el sillón con una copa de vino en la mano.

- Malas noticias.
- ¿Qué ocurre?
- Ricardo me acaba de informar que Ernesto Garfella murió ayer en un accidente de tráfico. Se saltó un semáforo y un autobús le arroyó. Por eso no recibió su llamada anoche.
- Y por eso estamos aquí.
- Espero que no tengamos más sorpresas, y que mañana acabe todo esto de una vez.

- Cualquier cosa puede pasar. ¿Has oído hablar del karma?

- Pablo, guárdate los sarcasmos para los artículos que escribes en ese periódico de pacotilla.

- Eso ha dolido…

- Y a mí me duele el estómago. ¿No tienes hambre?

- No.

- ¿Y qué vamos a hacer con todo esto? –dijo Elena Velázquez señalando la mesa donde aguardaba la cena, junto a una botella de vino blanco y dos velas encendidas.

Pablo Ayala se acercó con paso lento, dibujando una ligera sonrisa malévola en su rostro. Con delicadeza le arrebató la copa de la mano y se la llevó a los labios, dando un sorbo que mantuvo un breve instante en la boca.

- Puede esperar –respondió, antes de inclinarse y besar dulcemente aquellos labios que se abrieron sin pedir explicaciones.

No podía negarlo. El recuerdo de Martina aún seguía revoloteando en el rostro de Elena Velázquez. En sus ojos color cielo, en su mirada limpia, en su manera de enredar el cabello entre los dedos. Pero ya no era sólo aquel parecido lo que le atraía de ella, sino su propia esencia arrolladora, que acabó llevándose por delante cualquier comparación con la realidad hasta entonces conocida.

Estás seguro, preguntó ella, a lo que respondió él con un sí escueto que salió de su boca como un suspiro inaudible. Y entonces ocurrió lo que tenía que ocurrir cuando se juntan la necesidad con el deseo: un impulso impaciente, un beso húmedo, la urgencia por desprenderse de aquella ropa que era una frontera para sus manos, y al fin sentir la piel ajena –caliente y erizada- bajo la yema de los dedos. Pablo Ayala se incorporó, y Elena Velázquez le siguió en aquel raudo movimiento hasta aferrarse a su cuello, y con las piernas rodear bruscamente su cintura. Llevada en volandas, recostó la espalda contra la pared de un golpe seco, y con el aliento entrecortado la sintió dura entre los muslos hasta que se hundió bien adentro, con movimientos lentos y suaves que fueron acelerándose con cada beso, con cada caricia, con cada mirada.

En aquel vaivén incesante apretó las piernas con violencia y gritó de placer, marcando las uñas en su espalda en el instante en que ambos acabaron, empapados en sudor e intentando recobrar el aliento mientras pensaban qué demonios acababan de hacer. Aquella reflexión compartida no tardó demasiado en evaporarse. En el fondo eran conscientes de que simplemente habían sido un bálsamo el uno para el otro, un ungüento para las heridas que tarde o temprano acabarían cicatrizando. Para bien o para mal, todo era cuestión de tiempo. Y resignados a su suerte, se entregaron a un sueño profundo del que no despertarían hasta el día siguiente, sin saber que aquella misma mañana, un fantasma del pasado llamaría a su puerta.

Capítulo 42

Una brisa húmeda penetró como un puñal en el deportivo negro del Chino Perrone cuando éste bajó la ventanilla ante las indicaciones del militar que le impedía el paso. Vestía de manera impecable. Chaqueta verde de cuello redondo con ribetes dorados en las bocamangas y una doble fila de botones relucientes, pantalones con la raya perfectamente alineada, botas de cuero que brillaban a pesar de la espesa oscuridad de la noche, y una gorra caída hacia el lado izquierdo. Los faros del coche iluminaban la garita de entrada al palacio presidencial, en cuyo interior permanecía sentado otro miembro de las fuerzas armadas con idéntico atuendo –aunque distinta elegancia-, que escondía en el hueco de su mano la brasa de un cigarrillo humeante.

- ¿Se ha perdido, caballero? –dijo el joven uniformado, apoyando una mano sobre el techo del coche e inclinándose para mirar por la ventanilla.

- Claro que no. ¿Tan estúpido me cree como para presentarme a estas horas frente a la casa del general Del Potro si no fuera por un motivo de peso? Debo hablar con él. Es importante.

- Creo que eso no va a ser posible.

- Pues yo creo que como no haga inmediatamente una llamada informando de mi presencia, me voy a encargar de que esté usted limpiando letrinas hasta el día del juicio final. ¿Me he expresado con claridad?

- ¿Pero usted quién se cree que es?

- Soy el tipo que va a salvarle la vida al hijo del general.

Ante el elevado tono hacia el que había derivado la conversación, el militar ubicado en la garita lanzó el cigarrillo al suelo e hizo ademán de levantarse con el arma al hombro por si pintaban bastos. El compañero le detuvo con un simple movimiento de cabeza al irrumpir en aquel pequeño cubículo y alcanzar el teléfono. A través del cristal blindado encontró los ojos de Gastón Perrone, que le examinaban de arriba a abajo desde el coche, como a un niño al que acababan de darle una buena reprimenda. Cuando el militar logró desprenderse de aquella mirada que helaba la sangre, sonó el primer tono. Apartó un instante el auricular del oído, tapó con una mano el extremo inferior y volvió a dirigirse a aquella sombra que se adivinaba tras el humo de un cigarrillo.

- ¿Cuál es su nombre?

- Dígale al general que vino a verle el Chino.

La enorme barrera de franjas blancas y rojas volvió a cerrarse tras el paso del deportivo negro –rompiendo de nuevo el silencio de la noche con sus rugidos-, y el Chino Perrone condujo a través de un angosto camino empedrado hasta un extenso jardín de hierba recién cortada. Aparcó junto a una valla de madera que rodeaba la finca, y al bajar del coche visualizó al general Del Potro a lo lejos, apoyado junto a la puerta del palacio presidencial con un vaso de whisky en la mano. Lo removía lentamente, haciendo sonar los cubitos de hielo contra el cristal, y alzando la otra mano le hizo una señal para que se dirigiera hasta su posición. Después de intercambiar un saludo frío entraron en aquella casa que había sido la residencia oficial de todos y cada uno de los presidentes de la isla, y que ahora ocupaba Alonso del Potro sin necesidad de recurrir a los votos ni a las urnas. Lo suyo era más de vieja escuela militar. Ruido de sables y sangre derramada. Victoria o muerte. Así era el general. Maniqueo y extremista en sus ideas. Blanco o negro. Conmigo o contra mí.

Subieron las escaleras y llegaron al despacho, donde el general Del Potro volvió a rellenar su vaso vacío y preparó otro –doble y con hielo- para el Chino Perrone.

- ¿Qué tenemos? –preguntó el general con el brazo extendido, ofreciéndole el vaso.

- Tenemos dos nombres y un problema.

- ¿Los conozco?

- Sabía que le iban a interesar más los nombres que el problema.

- Chino, no me jodas. Déjate de gilipolleces y al grano, que no tengo todo el día. Ese problema, seguro que tiene una solución.

- Está bien –dijo con una ligera mueca que reprimió una sonrisa-. Ernesto Garfella y Diego Sáez.

- ¿Qué sabes de esos dos?

- El primero fue el contacto de Lince en el Frente, el que le citó en el parque de Santa Clara, y el mismo que me llevó al segundo nombre. Ése otro era un tipo menudo al que le encontré un plano del colegio San Rafael escondido en un cajón de su despacho. Ya ve, general. Dos perlas de cuidado, que curiosamente tenían algo en común: el noble oficio de la medicina. Y para más inri estudiaron juntos en la universidad. ¿No le parece interesante?

- ¿Y el problema del que hablabas?

- Es de los que no tienen solución. Los dos están muertos –dijo el Chino Perrone encogiéndose de hombros, como si él no hubiera tenido nada que ver.

- Pues sí que es un ligero problema, sí… Porque los muertos, que yo sepa, no hablan –replicó el general Del Potro, alzando la voz-. Joder, Chino. ¿Qué pasó? ¿Se te fue la mano?

- La duda ofende, general. Sabe que soy un profesional. Fueron dos simples accidentes.

- Entenderás que a estas alturas no estamos para accidentes. Se nos acaba el tiempo. Sólo espero que me traigas algo definitivo de dónde tirar, porque si no, estoy bien jodido.

- Sé que usted no cree en estas cosas, pero tengo una corazonada con un hombre que aparece en varias fotografías junto a Diego Sáez. Las conseguí en su consulta privada. Por lo visto también es médico, y ya sabe lo que dicen…que no hay dos sin tres.

El Chino Perrone extrajo una fotografía arrugada del bolsillo de su chaqueta y, después de desdoblarla, pasó repetidamente la palma de su mano por la superficie rugosa, en un gesto inútil por devolverla a su estado original. Se la enseñó al general Del Potro y señaló con el dedo índice el rostro sin nombre de aquel pálpito que se había convertido en su última esperanza. Es éste, concluyó.

- ¿Me estás tomando el pelo? ¿Qué clase de broma es ésta?

- ¿Qué sucede? ¿Acaso lo conoce?

Ambos se miraron con incredulidad, esperando que el otro ofreciera alguna respuesta a sus preguntas. El general disparó primero.

- Claro que lo conozco. Es Ricardo Mendizábal. Mi médico personal. Bueno, el mío y el de toda la familia –puntualizó.

- ¿Cómo? ¿Desde cuándo? –seguía preguntando el Chino Perrone, que no salía de su asombro.

- Desde hace unos meses. Nuestro médico murió, y nos recomendaron a Ricardo. Todo el mundo dice que es el mejor de la isla. Al menos, cobra las visitas como si lo fuera.

Se oyó un ruido que sacó de su estupor al general y al mensajero de tan impactantes noticias. Martina llevaba un buen rato detrás de la puerta escuchando la conversación, y en un movimiento inoportuno hizo crujir el parqué del pasillo. Un crec-crec que le hizo blasfemar para sus adentros e improvisar lo primero que se le pasó por la cabeza.

- ¿Quién anda ahí?

- Soy yo, cariño –dijo Martina, asomándose entre la puerta entornada del despacho y la pared-. No sabía que tuvieras compañía. Sólo venía a decirte que me voy a dormir. Estoy muy cansada.

- Entra, Martina. Quiero que conozcas a alguien.

Mientras se acercaba con su andar elegante y compasado, con aquel movimiento de caderas que era capaz de detener el mundo, el Chino Perrone pensó que había visto a aquella mujer en alguna parte. Aunque no recordaba dónde.

- Te presento a Gastón Perrone. Está investigando el secuestro de Diego.

- Encantado –tomó la palabra el Chino mientras le estrechaba la mano firmemente y escrutaba aquellos ojos enigmáticos-. ¿No nos conocemos?

- No –respondió tajante Martina-. Le aseguro que nunca olvido una cara.

- Si usted lo dice…

Se creó un silencio incómodo –las manos aún unidas en un suave balanceo vertical-, que él mismo rompió con una de esas frases que usaba a menudo para ganarse simpatías cuando era estrictamente necesario, o para desembarazarse de una situación comprometida, como era el caso.

- No sabía que estuviera usted casado con una mujer tan bella, mi general.

- Y no lo estoy. Formalmente –añadió Del Potro-. Pero todo se andará. ¿Verdad, cariño?

Martina le dedicó la mejor de sus sonrisas, y sin responder a aquella indirecta proposición le dio un beso en la mejilla antes de dirigirse de nuevo hacia el pasillo, desde donde se despidió del siniestro invitado que no dejaba de observarla de un modo inquisitivo, como si conociera las crueles intenciones que albergaba su corazón sediento de venganza.

- Buenas noches, señor Perrone.

Bajó hasta el salón de puntillas, midiendo sus pasos extremadamente lentos para no ser descubierta, como levitando sobre las escaleras de mármol. Con el mismo sigilo agarró el teléfono, y tecleó con la desesperación de alertar cuanto antes a Ricardo Mendizábal del peligro que corría. En seguida saltó la voz enlatada de una mujer, informando que el teléfono estaba apagado o fuera de cobertura, y volvió a intentarlo con el mismo resultado fatídico. Imaginó lo que aquel salvaje, que seguía en el despacho del general con un vaso de whisky en la mano, sería capaz de hacerle para obtener su confesión. Y pensó entonces en escapar, correr hasta que no le respondieran las piernas, llegar como fuera hasta aquel apartamento con la puerta roja, frente a la cual volvería a ver el rostro de Alonso del Potro, aunque esta vez esculpido en bronce. Abortó la idea de inmediato al caer en la cuenta de que vivía en una prisión de máxima seguridad, rodeada de militares armados hasta los dientes. Salir sola, en plena noche…no llegaría ni a la vuelta de la esquina. El general no tardaría ni cinco segundos en ser informado de sus intenciones. Resignada, se abrazó a la única opción que le quedaba: rezar para que Ricardo Mendizábal no estuviera en casa cuando Gastón Perrone fuera a verle, cargado de preguntas y de balas en su revólver.

Decidió que esperaría al amanecer para huir sin levantar sospechas. Como cada mañana, saldría a correr por la urbanización, y ése sería el momento de soltar lastre para al fin volver a ser libre. Adiós a las horas de vigilancia, los informes exhaustivos, los sudores fríos ante el miedo a ser descubierta, los sucios besos del general, las ganas de vomitar al sentir cerca su respiración. Dejaría atrás la vida que se había inventado con el fin de honrar la memoria de su padre. Una farsa que le podría conceder la satisfacción de ver consumada su venganza, pero que dejaba demasiado dolor a su paso, varios cadáveres en el camino y un pasado irreconciliable con el futuro incierto que estaba llamando a su puerta.

Capítulo 43

Faltaban diez minutos para la medianoche cuando el Chino Perrone se detuvo frente al apartamento de Ricardo Mendizábal y apretó dos veces el timbre negro ubicado junto a la puerta, dejando pasar unos segundos entre la primera presión y la siguiente.

Había estado discutiendo con el general la manera de proceder en aquel asunto que olía a podrido. Inicialmente, Del Potro era partidario de telefonear a su médico personal para tantear el terreno y conocer su versión de primera mano, pero con el paso de los minutos consideró otra alternativa: la de hacerle asistir al palacio presidencial con la excusa de una urgencia médica, una indisposición repentina que no le hiciera sospechar de aquel desplazamiento a horas intempestivas. El Chino Perrone se opuso rotundamente a ambas ideas. A través del teléfono no tendría la opción de mirarle a los ojos cuando diera comienzo la sarta de mentiras que iba a soltar por aquella boquita, y como plan alternativo, citarlo en casa del general podría levantar la liebre, eliminar el efecto sorpresa que necesitaba para apretarle las tuercas y que se viniera abajo. También pensó en la posibilidad de que hubiera sido informado ya de la muerte de Diego Sáez y anduviera con la mosca detrás de la oreja. Todas las opciones posibles hervían en la mente del Chino Perrone, que inmediatamente se dio cuenta de que en el fondo, el general quería creer en la inocencia del doctor Mendizábal. Hablaba de él como una persona excelente, un profesional intachable, un tipo simpático que le caía bien. Y justamente por esos motivos, al general le vendrían a la cabeza diversas hipótesis –todas ellas benevolentes con el hombre al que el Chino Perrone ya había sentenciado sin juicio previo-, y se abrazaría a la idea de que Diego Sáez era un simple colega de profesión, un compañero en aquellas guardias interminables de juventud, incluso un amigo. Eso no significaba nada, se diría. No le convertía en cómplice de secuestro y pertenencia a banda armada. Podría tratarse de una simple coincidencia. Pero si algo había aprendido en la vida el Chino Perrone, era a no creer en las coincidencias. Siempre había un hilo, un detalle insignificante, un descuido que unía dos elementos aparentemente inconexos, y estaba convencido de que aquella fotografía era el cabo suelto que llevaría a Ricardo Mendizábal frente a las puertas del infierno, donde él ya le esperaba con un tridente en la mano para indicarle el camino en el que tantas veces había deambulado.

El Chino Perrone dio la última chupada a un cigarrillo que dejó a medias, e impulsándolo entre el índice y el pulgar, lo lanzó lejos. Cuando ya pensaba que nadie saldría a recibirle, la puerta roja se abrió, acogiendo el humo que acababa de exhalar por la nariz. Fueron tan sólo unos centímetros. Los que permitió la tensa cadena –plateada y de eslabones gruesos-, tras la cual apareció la mirada poco amistosa de Ricardo Mendizábal.

- Buenas noches. ¿Qué desea? –preguntó a través de la estrecha rendija de la puerta.

- Mi nombre es Gastón Perrone y trabajo para Alonso del Potro –respondió con la verdad por delante-. El general me ha enviado para que le haga una serie de preguntas acerca de unos hechos que han acontecido durante el día de hoy.

- ¿Pero usted sabe qué hora es?

- Disculpe, pero es de vital importancia. Si me permite pasar, se lo explicaré con detenimiento.

- Mire –replicó Ricardo Mendizábal con una expresión cansada-, como usted comprenderá no voy a abrirle la puerta de mi casa al primer desconocido que aparezca diciendo que viene de parte de Alonso del Potro. Y mucho menos a estas horas. Si el general quisiera hablar conmigo, vendría personalmente. Tenemos la confianza suficiente como para no enviarnos emisarios. Supongo que desconoce usted que soy su médico personal. Así que, amigo –dijo con una falsa sonrisa-, márchese por donde ha venido y no me haga perder más el tiempo, o me veré obligado a llamar a la policía.

Ricardo Mendizábal se disponía a cerrar la puerta cuando encontró un obstáculo en el umbral. El pie derecho del Chino Perrone estaba plantado junto al marco, impidiendo que el doctor finalizara su maniobra y lograse perder de vista el rostro duro e inquebrantable de aquel hombre vestido completamente de negro. Sin desviar un ápice su mirada de los ojos expectantes que le escrutaban, el Chino Perrone empuñó su vieja Colt Gold Cup con cachas doradas que escondía en el interior de la chaqueta y disparó a bocajarro contra la cadena, cuyos eslabones quedaron esparcidos por el piso. Ante aquel ataque repentino, Ricardo Mendizábal retrocedió, echándose al suelo en un gesto instintivo que vino acompañado de un molesto zumbido en los oídos. El Chino Perrone empujó la puerta roja con la yema de los dedos y avanzó despacio hasta alcanzar el interior de la casa, mientras la puerta se cerraba a su espalda. Sus ojos se encontraron de nuevo, estudiándose el uno al otro, serio el Chino, desorientado el doctor, con el sonido del disparo aún retumbando en su cabeza.

- Siéntese ahí –dijo el Chino Perrone, señalando con un movimiento de cuello la butaca de diseño que había junto al sofá.

Ricardo Mendizábal se levantó y acató sus órdenes sin el más mínimo pestañeo, sintiendo la amenaza de la Colt Gold Cup apuntándole al pecho.

- ¿Qué quiere? ¿Dinero? –dijo al tomar asiento.
- Aquí las preguntas las hago yo. Además, ya le he dicho lo que quiero. Respuestas.
- Está bien. Acabemos con esto cuanto antes. ¿Qué quiere saber?

- ¿Conoce usted a Diego Sáez?

- Desde hace más de veinte años. Coincidimos en la universidad, y desde entonces somos grandes amigos.

- Por tanto, podría decirse que su relación es de absoluta confianza.

- Por supuesto.

- ¿Hasta el punto de confesarse sus secretos más oscuros?

- ¿A dónde quiere llegar?

- Diego Sáez, su gran amigo –dijo recalcando cada palabra-, era miembro del Frente de Liberación.

Al Chino le despuntó una mueca dura entre este primer golpe que acababa de asestar y el segundo, que asomó a continuación sin anestesia previa.

- Y le digo que era miembro, en pasado, porque ahora está muerto.

- ¿Pero qué está diciendo?

- Lo que oye.

El Chino Perrone esbozó una sonrisa malévola que respondía a la recibida en la puerta un par de minutos antes, y esperó expectante la reacción del doctor Mendizábal, que permaneció con la mirada perdida tras derrumbarse en la butaca.

- ¿Tuvo usted algo que ver con su muerte? –preguntó con una expresión incrédula.

Tardó en responder. Seguía observándole con esos aires de superioridad que le definían a la perfección. Al fin y al cabo, la personalidad del Chino Perrone no era más que el reflejo de una vida dedicada al crimen a tiempo completo, que le había llevado a convertirse en un superviviente curtido en mil batallas.

- Bueno –respondió al fin-, digamos que le ayudé a tomar la decisión, aunque realmente fue él quien hizo todo el trabajo sucio. No le voy a quitar ningún mérito. Hay que tener muchos cojones para lanzarse al vacío desde una ventana. Yo sólo fui testigo de su nuevo récord personal en salto de altura.

Ricardo Mendizábal brincó de la butaca como un resorte e intentó agarrar por el cuello al Chino Perrone, que tras su último comentario sarcástico esperaba impaciente aquella maniobra, tan previsible como inofensiva. Sin esfuerzo esquivó la acometida y le propinó un puñetazo directo a la nariz que le envió a la lona. Asiéndole del cabello le devolvió a la verticalidad un instante, y con un empujón brusco, el cuerpo del doctor aterrizó de nuevo en la butaca, donde quedó sentado con aquel dolor punzante que le trepaba hasta las sienes. El Chino Perrone sacó entonces un pañuelo del bolsillo y se lo lanzó a la cara.

- Límpiese –le dijo mientras se atusaba con ambas manos el pelo engominado-. Y ahora vamos a dejarnos de tonterías.

Un silencio. Sólo el canto de los grillos en la noche y el rumor de alguna sirena lejana.

- Aún no me ha dicho qué tengo que ver en todo esto.

- Déjelo ya –dijo acercándose-. Podrá haber engañado al general Del Potro, pero no a mí. Conozco a los tipos como usted. Se creen los más listos de la clase, viven en la impunidad permanente, piensan que todo está bajo control…hasta que dan con la horma de su zapato.

El Chino Perrone llegó hasta la butaca donde Ricardo Mendizábal le observaba con la mirada alzada, y en un rápido movimiento le propinó una sonora bofetada que enrojeció el lado izquierdo de su rostro. A ésa, le siguieron tres más, ahora repartidas a ambos lados, y un golpe seco en la boca del estómago que le dejó sin respiración. Retorciéndose en el asiento, el doctor Mendizábal fue recuperando el aire poco a poco hasta lograr articular algunas frases inteligibles, que separaba con breves pausas para tomar oxígeno.

- Pare, por favor. Se trata de un error. Se está usted equivocando.

- ¡Y una mierda! –exclamó el Chino Perrone-. Dígalo. Yo también soy del Frente. Repita conmigo.

- Le juro que no –gritaba mientras cubría su cabeza con los brazos, ante la lluvia de golpes que le estaba cayendo encima.

Un derechazo le impactó brutalmente en la sien y cayó desmayado, como una marioneta a la que acaban de cortarle los hilos que la sostenían en pie. El suelo, con manchas de sangre que deslucían el brillante parqué de tonos oscuros, recibió su rostro hinchado por los golpes. El Chino Perrone aprovechó la circunstancia para inspeccionar el salón en busca de alguna prueba que diera algo de sentido a su corazonada. No encontró absolutamente nada. Tampoco en las habitaciones, ni en la cocina. Cuando ya comenzaba a dudar de la culpabilidad de aquel hombre que yacía sobre un pequeño charco rojizo, decidió ir al baño para mojarse la cara, de la que le resbalaban las gotas de sudor. Fue entonces cuando se despejaron definitivamente sus dudas. Al girar el pomo y empujar la puerta con aquella brusquedad habitual que era marca de la casa, halló el cuerpo sin vida de Joaquín de la Serna. Continuaba en la bañera, con las piernas colgando sobre el acrílico blanco, una enorme brecha en la cabeza y la mirada fija en algún punto impreciso del techo. El Chino Perrone lo reconoció enseguida y perfiló una mueca de satisfacción. Un lameculos menos, concluyó. De la Serna nunca le cayó bien. Incluso hubiera pagado una buena suma de dinero por tener el privilegio de liquidar a aquel tipo que besaba el suelo por donde pisaba el general. Le hervía la sangre cada vez que leía sus artículos en aquel periodicucho vendido al régimen. Esa adulación permanente, ese halago fácil, esa autocensura barata. Decidió que lo primero que haría cuando el doctor Mendizábal despertara, sería darle las gracias. Al final –se dijo asombrado-, voy a tener que darle la razón al general... El doctor me está empezando a caer bien.

Abandonó el baño, y sin perder aquella sonrisa cínica que hacía brotar pequeñas arrugas alrededor de sus ojos rasgados, caminó unos metros hasta el cuerpo inmóvil de Ricardo Mendizábal. Se inclinó un poco y agarró el teléfono que asomaba del bolsillo izquierdo de su camisa. Apenas le echó el primer vistazo, supo que ahí había gato encerrado. No encontró fotografías, ni mensajes, ni contactos, ni aplicaciones. Tan sólo seis llamadas salientes, realizadas al mismo número y a las mismas horas exactas durante los últimos tres días. Dos a las 9:00 de la mañana y cuatro a las 21:00 de la noche. Desde luego, pensó, éste no es su teléfono personal. Y efectivamente no lo era. Aquel otro teléfono al que Martina llamó hacía un par de horas para ponerle sobre aviso de los planes de Gastón Perrone se hallaba sin batería, camuflado entre los libros que abarrotaban la estantería del salón. Le inquietó comprender que aquellas llamadas tenían un único cometido, y se le encendieron las alarmas. No cabe duda, se dijo. Son pruebas de vida. Una cada doce horas. Aquella no era la primera vez que las veía, pero estaba seguro de que iba a ser la última. Su deseado retiro seguía rondándole la cabeza. Por un momento pensó en llamar al número que aparecía en la pantalla y escuchar la voz del otro lado de la línea, pero era consciente que sería un gesto inútil. Aquel tipo de directrices siempre seguían el mismo patrón. Los captores del pequeño Del Potro tendrían claras instrucciones de no responder a ninguna llamada que no se realizara en aquellas únicas horas marcadas a fuego. Ni un minuto más ni un minuto menos. Además les pondría sobre aviso de que algo no estaba siguiendo los cauces adecuados. No le quedaba más opción que esperar pacientemente hasta las nueve de la mañana y cruzar los dedos.

En esos planes andaba inmerso el Chino Perrone cuando Ricardo Mendizábal abrió los ojos y le vio con su teléfono en la mano.

- ¿Ha soñado conmigo? –dijo mientras lo guardaba en el bolsillo del pantalón.

El doctor miró para otro lado con gesto contrariado. Un largo silencio como respuesta confirmó las sospechas del Chino. Aquello iba a ser más difícil de lo que pensaba.

- Entiendo su postura –prosiguió-, pero si insiste en negar la evidencia voy a empezar a creer que es usted un maníaco peligroso. No conozco a nadie en su sano juicio que tenga un cadáver desangrado en la bañera. Pero oiga, en el fondo me alegro. Estará de acuerdo conmigo en que ese tipo era un auténtico gilipollas… ¿Opuso resistencia? -preguntó tras una breve pausa durante la cual encendió un cigarrillo-. Yo juraría que no. La gente como De la Serna se suele mear en los pantalones. Pero usted no es de esos. ¿Verdad?

Ricardo Mendizábal continuó ausente, como si él no fuera el destinatario de todas las frases afiladas que salían de la boca del Chino Perrone.

- Veo que se le han ido las ganas de hablar. ¿Cómo decía usted antes? –preguntó mirando hacia el techo con el ceño fruncido, intentando rescatar cada una de las palabras exactas-. Ah, sí…ya recuerdo. Se trata de un error, se está usted equivocando –repitió con tono irónico.

Ricardo Mendizábal presintió que su fin era inminente cuando el Chino Perrone le pidió que abriera la boca e introdujo en ella la Colt Gold Cup. Sin contemplaciones. Golpeando varios dientes en su trayectoria.

- Hable o le mato –insistió con el cigarrillo humeante entre los labios.

El doctor cerró los ojos con fuerza y apretó los puños. Se dijo que no, que él no era de ésos que se meaban en los pantalones, pero se resignó ante la poca resistencia que podía oponer frente a aquel hombre que a medianoche había irrumpido en su vida como un vendaval, y que le tenía totalmente a su merced. A pesar de verse en un callejón sin salida, más cerca del otro barrio que de éste, se agarró con fuerza al único resquicio de luz visible en la oscuridad espesa que nublaba sus pensamientos. Razonándolo con frialdad, era él quien tenía las respuestas que Gastón Perrone llevaba haciéndose durante días, pero lo que realmente le preocupaba era no disponer de la información necesaria como para saber si el hombre que le encañonaba iba de farol. Desconocía si el rol que le había adjudicado era el de peón prescindible o el de rey, en aquella partida de ajedrez donde no estaba permitido firmar tablas. Imaginó que si seguía vivo, la segunda opción era la más factible, pero en ese caso uno de los dos reyes debía ser ejecutado, y por ahora, el suyo era el que tenía todas las papeletas.

Ante el reiterado mutismo del doctor Mendizábal, el Chino Perrone levantó el dedo del gatillo y le extrajo el arma de la boca. Limpió el cañón en el mantel que se extendía sobre la mesa del salón y volvió a guardar a su inseparable compañera en el interior de la chaqueta. Se situó de nuevo frente a su presa y en una veloz maniobra la inmovilizó contra el suelo, hincándole la rodilla sobre los brazos que se unían a su espalda. Le esposó las muñecas con violencia –clac, clac-, y tras levantarlo en volandas lo llevó a empujones hasta traspasar la puerta roja y salir a la calle. Pensó que no debían permanecer en aquel apartamento durante más tiempo. Era peligroso. Cualquier visita inesperada daría al traste con sus planes. No podía permitirse otro error ante Del Potro, que por otro lado, estaría encantado de reencontrarse cara a cara con su estimado doctor para rendirle cuentas y traiciones.

Caminaron bajo la luz de las farolas que proyectaban sus sombras tenues y alargadas sobre el asfalto. Ni un alma se cruzó en su camino hasta llegar al deportivo negro del Chino Perrone, que abrió el maletero sin quitarle el ojo de encima a su acompañante. Aquella intensa mirada bastó para que Ricardo Mendizábal comprendiera lo que debía hacer sin rechistar. Se introdujo en el reducido espacio donde iba a pasar la peor noche de su vida, y al cerrarse la puerta quedó sumido en la más absoluta oscuridad.

El Chino Perrone condujo con una lentitud inusual, casi exasperante, durante el trayecto que le llevó a su destino. El ajetreo de los últimos días le estaba pasando factura. Aparcó el coche en el garaje de su casa adosada, y al cerrarse la puerta automática se olvidó del mundo, incluido el tipo que seguía esposado en el oscuro maletero de su deportivo negro. Subió las escaleras que llevaban al primer piso y entró en su habitación. Se dejó caer sobre la cama como un peso muerto. Sólo quería dormir. Sentía el pulso batiendo sus sienes, y un dolor de cabeza que tres pastillas no habían sido capaces de aliviar. Quizá fuera el peso de la responsabilidad ante aquella última misión, y el vértigo que se vislumbraba al final del túnel. Su retiro dorado. El amanecer le depararía una última aventura junto a su inseparable Colt Gold Cup con cachas doradas, cuyo final inevitable era acabar sus días cogiendo polvo en algún cajón. Y después el vacío. Aunque ni él mismo era capaz de poner la mano en el fuego ante una afirmación tan contundente. Dejar la profesión eran palabras mayores para alguien que no sabía hacer otra cosa en la vida. Sin duda, era lo más razonable. Parar a tiempo, ahora que podía, pero el destino siempre le había conducido por el camino menos sensato. Y es que su ángel de la guarda –a pesar de haberle mantenido con vida en su constante caminar sobre el alambre-, además de mal consejero, era poco de fiar.

Cuarta parte

NO ES TIEMPO DE COBARDES

Capítulo 44

Despuntaba el alba en el horizonte cuando Martina abandonó el palacio presidencial con la indumentaria habitual para realizar sus ejercicios matutinos. Zapatillas blancas, mallas hasta los tobillos y camiseta verde flúor para llamar la atención de los conductores en aquellas horas en que la visibilidad aún era escasa.

Corrió calle abajo hasta que perdió de vista la garita militar, y ya no paró hasta llegar a la plaza adoquinada donde contempló la estatua del hombre al que acababa de abandonar para siempre. Alonso del Potro, verdugo y víctima en su historia de cuentas pendientes, quedó sumido en un profundo sueño, abrazado a su ausencia mientras la espada de Damocles pendía sobre su cabeza y Martina desaparecía de su vida como un fantasma que jamás existió.

Al llegar a la puerta roja hizo ademán de introducir la llave en la cerradura, pero abortó la operación al observar que ya estaba entreabierta. Su corazón se aceleró, bombeando con violencia ante el miedo a encontrarse con aquello que más temía, y empujó la puerta levemente hasta tener un ángulo de visión que le permitiera escrutar su interior y saber a lo que atenerse. Al distinguir las manchas de sangre en el parqué se quedó congelada durante unos segundos que le parecieron días. Demasiado tarde, pensó mientras intentaba sacarse de la cabeza la imagen de Gastón Perrone con un arma entre las manos. A pesar de tener delitos de sangre y cargar con más de un cadáver a sus espaldas, a Martina le temblaban las piernas. Aún así, decidió dar un paso al frente con todo el arrojo del que fue capaz, y sorteó los enseres esparcidos por el suelo del comedor hasta llegar a la pared del fondo. Se agachó con urgencia, y tras un certero puntapié al tercer azulejo del zócalo éste cayó, dejando entrever en su interior una pequeña pistola de calibre 9 mm: la Colt Commander que Ricardo Mendizábal guardaba para las emergencias y que al fin iba a ver la luz tras meses confinada en aquel agujero. La empuñó firmemente, y con el arma apuntando al frente fue comprobando cada estancia hasta cerciorarse de que no hubiera nadie más en la casa.

El consuelo por no encontrar el cadáver de Ricardo Mendizábal contrastó con el hallazgo del hombre que seguía flotando en la bañera en una postura inverosímil. Al observar toda aquella sangre esparcida por los azulejos del baño, Martina quedó pálida, casi blanquecina, como si fuera a ella a quién hubieran golpeado mortalmente, y salió de aquella casa como alma que lleva el diablo. Ni siquiera se volvió para echar un último vistazo al edificio que dejaba atrás. Anduvo unos metros y, después de vomitar tras uno de los árboles que poblaban la plaza, siguió su camino, recibiendo como una bendición la brisa húmeda que le golpeaba la cara. Se alejó hacia la avenida mientras introducía la pistola por dentro de las mallas –sintiendo el frío metal en el abdomen-, y corrió hacia el único lugar en el que podía sentirse segura.

Llegó empapada de sudor a su destino y extrajo de nuevo las llaves que Ricardo Mendizábal le había proporcionado. ¿Estás preparada para esto?, se preguntó, pero la respuesta era lo de menos. No tenía otra elección y lo sabía. Horas antes ya había sido informada de que Pablo Ayala, su todavía marido y a la vez viudo oficial, estaba instalado en el piso franco donde el pequeño Diego del Potro seguía retenido. No dio crédito a sus palabras cuando Ricardo Mendizábal le soltó aquel bombazo. Pablo, siempre tibio y diplomático en todo cuanto hacía, se había metido en la boca del lobo por decisión propia, sin que Martina lograra comprender los motivos de aquel acto suicida. No sabía que en el fondo lo hacía para redimirse de aquel pasado indiferente a todo cuanto le rodeaba, y para compensar los años en que jamás se había mojado en el chaparrón de una dictadura cruel e implacable. La vida de aquel chico inocente bien lo merecía, y eso era todo cuanto esperaba de aquellos días sin un futuro alentador a la vista.

Durante el trayecto por las calles aún desiertas, e incluso una vez dentro del ascensor que la transportaba a un punto de no retorno de consecuencias impredecibles, Martina no paró de darle vueltas a lo que iba a decir, y eligió una por una las palabras exactas que utilizaría ante Pablo en su petición de indulgencia. Sin embargo, al entrar en la oscuridad del piso franco y llegar hasta la habitación, todo se le vino abajo. Las palabras se esfumaron tal y como habían llegado, y su corazón se encogió mientras un sudor frío le recorría la espalda. Pablo Ayala y Elena Velázquez dormían desnudos plácidamente, abrazados el uno al otro tras la entrega de sus cuerpos a la necesidad de la carne y a la nostalgia de la pérdida. La curva suave de las caderas de ella reposaba en el sexo flácido de él, en una respiración que fluía al unísono, como una coreografía perfecta. Martina contempló aquella estampa postrada en el umbral de la puerta, con la Colt Commander en la mano.

Como si notara una presencia extraña en aquel remanso de paz que aún olía a sexo y sudor, Pablo Ayala despertó sobresaltado y vio a escasos metros la figura borrosa de Martina, como en uno de esos sueños que cada noche le evocaban el pasado. No te asustes, le dijo. Estoy viva. Su voz le pareció tan real y su imagen de pronto se tornó tan nítida ante sus ojos, que se estremeció al pensar que el fantasma de Martina había vuelto del otro mundo para pedirle explicaciones por aquella falta de duelo tan flagrante. Se incorporó en la cama de un respingo, despertando a

Elena Velázquez en su brusco movimiento, y encendió la luz de la habitación para confirmar que la imaginación no le había jugado una mala pasada. La expresión atónita de Elena Velázquez no dejó lugar a dudas, y menos aún su urgencia por tapar con las sábanas su cuerpo desnudo. Martina era real, como lo era la pistola que portaba entre sus manos. Se miraron los tres, presos de un silencio que pesaba como el plomo, sin saber qué decir ante aquella situación tan inverosímil.

- ¿Cómo es posible? –preguntó Pablo Ayala sin salir aún de su asombro.

Recordó entonces el instante justo antes del terremoto. Cuando quedó suspendido en el aire con la soga oprimiéndole la garganta, a punto de perder la conciencia y la vida. Abandonado ya a su suerte visualizó la imagen de Martina vestida de blanco, paseando a la orilla del mar. Nos volveremos a ver, le dijo. Y ahora aquella frase sin sentido había acabado convirtiéndose en una premonición.

Martina guardó el arma, y una lágrima recorrió su mejilla ruborizada mientras intentaba recuperar las palabras que segundos antes fluían en su mente, y que ahora habían huido de aquella escena en la que el tiempo parecía haberse detenido. Se sentó en el suelo, apoyando la espalda en el marco de la puerta, y su mirada se fijó de nuevo sobre la pareja de amantes que permanecían petrificados sobre la cama.

- ¿Y qué hacemos ahora? –preguntó al fin Pablo Ayala.
- Ahora –respondió Martina-, debo contarte toda la verdad.

Capítulo 45

El Chino Perrone había pasado una mala noche. De nuevo aquella maldita pesadilla que se le repetía constantemente. Un niño acribillándole a balazos por la espalda y su grito ahogado, que le despertaba con el corazón saliéndosele por la boca. Nunca conseguía verle el rostro, tan sólo sentía aquella ráfaga de disparos impactar en su cuerpo, y cómo éste caía sobre un charco formado con su propia sangre, oscura y viscosa. Siempre pensó que era un mensaje de la muerte. Su inseparable compañera de viaje, que todavía no le quería acoger en sus brazos pero tampoco se olvidaba de él. Siempre le tenía en sus pensamientos. O quizá era la venganza de todas esas almas en pena, vagando con el recuerdo permanente de la Colt Gold Cup con cachas doradas que les había sesgado la vida de un balazo.

Permanecía inmóvil, con las manos apoyadas en los azulejos del baño empañados por el vapor, el agua caliente cayéndole sobre la nuca, las gotas resbalando por la piel desnuda repleta de marcas que le recordaban la fortuna que tenía de seguir vivo. En aquellos momentos de soledad, su mente se evadía para acabar llegando siempre al mismo lugar: Estrella Figueroa. Con los años, su dependencia se había hecho cada vez mayor, y ya no se conformaba con verla un par de veces por semana. La echaba de menos. Hacía ya tiempo que su relación había pasado a ser algo más que sexo entre cuatro paredes con cortinas rojas y almohadas con forma de corazón. Quería sentir de nuevo su boca húmeda, el sabor salado de aquella piel extremadamente blanca, el tacto suave de sus senos turgentes, el cosquilleo de su largo cabello rojizo rozándole la espalda. Y dormir apoyando la cabeza en sus caderas, y despertar a su lado, y conversar hasta caer rendidos de nuevo al sueño. El Chino Perrone tan sólo le pedía ese deseo al destino, pero lo que era aparentemente sencillo para cualquier mortal, se convertía en una utopía en el mundo siniestro y despiadado en el que ellos luchaban para ganarse la vida.

Con aquel sabor agridulce, el Chino Perrone salió de la ducha y se encaminó al dormitorio, dejando sus huellas mojadas en las baldosas del pasillo. Se vistió y encendió un cigarrillo mientras hacía el café. Faltaban cinco minutos para las nueve. Llenó la taza, añadió dos cucharadas de azúcar, y entre sorbo y sorbo pensó en lo efímera que era la vida. Aquella mañana alguien iba a perderla, y él estaba dentro de ese bombo dispuesto a dar vueltas hasta que a la muerte le diera la gana. Al general Del Potro se le acababa el tiempo, pero a él también, mientras su última bala reposaba en el maletero del deportivo negro con llantas de aluminio que seguía aparcado en el garaje.

Dio una última calada al cigarrillo y aplastó la lumbre humeante en el cenicero. La hora se acercaba. Agarró el teléfono móvil de Ricardo Mendizábal, que descansaba sobre la mesa del comedor, y carraspeó antes de pulsar la tecla que debía allanarle el camino que llevaba a Diego del Potro. Tenía un trato que proponer a los secuestradores y una espina clavada que arrancarse desde que Alonso del Potro se presentó en su casa con un maletín repleto de dinero: compensar al general ante la confianza que éste había depositado en él.

Capítulo 46

- Y ésa es la historia –sentenció Martina.

El rostro de Pablo Ayala permanecía impertérrito, incapaz de expresar emoción alguna, y Martina se preguntó qué diablos se le estaría pasando por la cabeza. Odiaba aquellos silencios violentos en los que parecía sentirse tan cómodo.

- Ya veo cuáles son tus prioridades –dijo al fin-. Tuviste que elegir entre vengar a tu padre o apostar por nuestra relación. Es obvio que tomaste la decisión con las tripas y no con el corazón.

Los ojos vidriosos de Martina no pudieron sostenerle la mirada a Pablo Ayala, y se perdieron en algún punto indeterminado entre el techo y la pared del fondo de la habitación.

- Te aseguro que no fue nada fácil –confesó negando con la cabeza-. Imagino el infierno por el que te he hecho pasar.

- No tienes ni idea.

- ¿Algún día llegarás a perdonarme?

El teléfono sonó antes de que Pablo Ayala pudiera contestarle que no, que por culpa de sus mentiras estuvo a punto de quitarse la vida, que aquella traición era imperdonable, que sus caminos debían separarse para siempre. La imaginó junto al general, fingiendo mientras sus cuerpos desnudos retozaban sobre la cama del palacio presidencial, y sintió asco y desprecio.

Eran las nueve en punto cuando Elena Velázquez atendió la llamada. Ante la gravedad de todo lo que acababa de escuchar de boca de Martina, activó el manos libres para que ella misma pudiera explicarle a Ricardo Mendizábal la embarazosa situación en la que se encontraban. Lo que en realidad no sabía, era que Martina ya era consciente de que la voz del otro lado del teléfono no iba a ser la que ellos esperaban.

- Buenos días Ricardo –dijo Elena Velázquez.

Nadie contestó. Un silencio apenas roto por un ruido de fondo casi inapreciable.

- ¿Ricardo? –insistió elevando el tono de voz.

- No soy Ricardo –dijo el Chino Perrone.

- ¿Perdón?

- Ricardo ahora mismo no se puede poner al teléfono. Ha pasado la noche encerrado en el maletero de un coche y se encuentra un poco indispuesto. Supongo que estará sudando como un cerdo y con un dolor de cabeza de dos pares de cojones.

- ¿Pero quién…?

- Por curiosidad –la interrumpió el Chino Perrone-, ¿no será usted amiga de Ernesto Garfella y Diego Sáez? Lo digo por darle mis más sinceras condolencias. Una pena, ¿verdad? Tan jóvenes…

- ¿Quién eres, hijo de puta?

- Soy el hijo de puta que va a devolverle al general Del Potro a su hijo sano y salvo.

- ¿Y a qué estás esperando? Sólo quedan tres horas para que el general haga su aparición en público y acabe con todo esto de una vez. Me temo que a estas alturas, Del Potro ya se habrá resignado a su suerte. Y además, si supieras dónde estoy, yo ya estaría muerta, y Diego en los brazos de su padre.

- Efectivamente. Le confieso que no tengo ni idea de dónde se encuentra. Pero eso tiene fácil solución, porque usted misma me lo va a decir. O de lo contrario, la próxima vez que vea a Ricardo Mendizábal será en el depósito de cadáveres con una bala en la cabeza.

Aquella imagen le erizó la piel a Elena Velázquez, que sopesó sus opciones mientras el Chino Perrone volvía a tomar la palabra.

- Le propongo un trato muy sencillo –insistió–. Una vida por la otra. Usted me entrega al chico y yo al doctor. Así de simple.

- Necesito tiempo –respondió Elena Velázquez tras un silencio que se volvió demasiado largo–. Es una decisión que debo consultar.

- Precisamente, tiempo es lo que no tengo.

Al advertir hacia dónde estaba derivando la conversación, Martina se acercó al teléfono como una exhalación, fuera de sí ante las palabras del Chino Perrone, destilando toda la rabia acumulada durante los cinco largos años que prosiguieron al asesinato de su padre. Desde luego, no estaba dispuesta a que nadie pusiera en riesgo su objetivo final de eliminar al general Del Potro, y para ello necesitaba a Diego. Cayese quien cayese. Ricardo lo entenderá, pensó. Él hubiera hecho lo mismo.

- Mira, hijo de puta, ya te puedes ir metiendo tu trato por el culo. Y las condolencias te las guardas para dárselas a la familia del general. Ese cabrón tiene las horas contadas –añadió Martina antes de colgar el teléfono.

El Chino Perrone quedó atónito ante aquella aparición inesperada. Un breve instante de desconcierto que enseguida voló por los aires, al invadirle la extraña sensación de que no era la primera vez que escuchaba aquella voz. Era dulce –a pesar de aquel lenguaje soez-, aguda, segura de sí. Encendió un cigarrillo y caminó por el comedor con las manos en la espalda, escondiendo en ellas la lumbre rojiza de la que ascendía una ligera columna de humo. Sus pasos extremadamente lentos se detuvieron de golpe cuando al fin visualizó el rostro que correspondía a la voz que le había dejado con la palabra en la boca. Era ella. No había duda. El Chino Perrone solía retener esos detalles en la memoria, y esta vez, cuando se jugaba algo más que su prestigio profesional, no iba a ser una excepción. Se dirigió hacia el sofá rojo de escai, donde aún continuaba enrollada la orla que había sustraído del despacho de Diego Sáez, y la extendió sobre la mesa del comedor. Sus ojos bailaron entre las más de cien fotografías impresas en la lámina, en busca de la sospecha que estaba a punto de convertirse en certeza.

Finalmente la vio. Ahí estaba. Veinte años más joven, ataviada con gafas de pasta que le tapaban media cara y uno de esos ridículos birretes negros que suelen ponerse para la ocasión. Martina Menéndez, podía leerse bajo la fotografía. No la habría reconocido ni aunque mi vida dependiera de ello, pensó el Chino Perrone, recordando su encuentro de la noche anterior en el despacho del general. ¿No nos conocemos?, le había llegado a preguntar. Otra de sus corazonadas. Sin embargo, aquel sorprendente hallazgo no era el único que se escondía en ese mar de rostros inmortalizados que conformaban la exitosa promoción del 98. Otro nombre con el que se había cruzado en las últimas horas aparecía impreso, justo al lado izquierdo de Martina. Su imagen actual distaba mucho de la que ofrecía aquella fotografía. Nuez prominente, larga melena azabache con la raya en medio, bigote poblado. Sin rastro de la espesa barba que luciría años más tarde. Ricardo Mendizábal parecía otra persona. Al igual que Martina. No eran más que dos jóvenes unidos por la medicina, cuya sociedad era bendecida hasta por el orden alfabético. Mendizábal y Menéndez. Ricardo y Martina. El médico personal de Alonso del Potro y la mujer con la que el general compartía la misma cama. Malditos aficionados, se dijo el Chino Perrone. Han llegado demasiado lejos. Médicos jugando a ser héroes. Quitando vidas en lugar de salvarlas.

Entonces, ante ese escenario que jamás habría logrado imaginar, rumió la manera de informar al general sin causar más daños de los estrictamente necesarios. Mientras esos pensamientos revoloteaban en su cabeza, corrió hacia el garaje con la orla en una mano y las llaves de su deportivo negro en la otra. El tiempo era ya una losa demasiado pesada, y cada minuto que se escapaba, una oportunidad perdida.

Capítulo 47

- ¿Por qué has hecho eso? –dijo Elena Velázquez.

Martina la miró con el ceño fruncido, mientras se adueñaban de su rostro las extrañas sombras que el sol formaba a través de las ranuras de la persiana.

- ¿Cómo que por qué? -respondió con otra pregunta-. Bajo ningún concepto vamos a negociar con ese psicópata. ¿O acaso no le has oído? ¡Ha matado a Ernesto y a Diego! No nos podemos fiar de ese hijo de puta.

- ¡Pero tenemos que salvar a Ricardo!

- ¿Y quién te asegura que no se ha deshecho ya de él? Seguiremos con el plan hasta el final.

Pablo Ayala levantó la vista del suelo y volvió al mundo de los vivos tras un instante abstraído en sus pensamientos, dándole vueltas todavía a las palabras de Martina, y reafirmándose en la idea de que el perdón era inviable cuando la herida aún estaba en carne viva.

- Yo te lo puedo asegurar –dijo con brusquedad-. Ricardo es el único as en la manga que le queda a ese tipo. No será tan estúpido como para acabar con su gallina de los huevos de oro. Elena tiene razón. Yo voto por hacer el intercambio.

- Me importa un carajo quién tenga razón –replicó Martina-. Y esto no es una puta democracia. He dicho que vamos a llegar hasta el final. Tal y como estaba previsto. Será el general quien decida el destino de su hijo.

Los dos se miraron desafiantes, como si ya no quedara entre ellos más que recuerdos vagos. Se habían convertido en dos desconocidos agarrándose a un pasado que les cubría con un manto espeso de desconfianza. Se adivinaba rencor en los ojos de él y culpa en los de ella. Sin duda, aquella era una frontera difícil de cruzar sin lamentar heridos.

- Si estoy aquí –dijo Pablo Ayala-, es para asegurarme de que al chico no le va a pasar nada. Y si tienes algo que objetar al respecto, tendrás que pegarme un tiro a mí también.

Martina guardó silencio. Ahora ya sabía el motivo de su presencia en el piso franco. Un ataque de conciencia..., a buenas horas, pensó. Seguía seria, con aquella expresión dura, mientras estudiaba cuál sería su siguiente movimiento.

- Quiero ver a Diego –dijo al fin tras un rato en el que los tres parecían anclados al suelo de la habitación-. Si vamos a hacer el intercambio, debe estar en perfectas condiciones.

- ¿Y ese cambio de actitud? –preguntó extrañado.

- Podría cargar con la muerte de Diego sobre mis espaldas, pero no con la tuya.

Pablo Ayala asintió con la cabeza y esbozó una mueca distante. Fue lo más parecido a una sonrisa que pudo dedicarle a la mujer que acababa de romperle el corazón.

- Sabes que es lo correcto -concluyó.

El rostro de Martina se relajó después del intercambio de golpes bajos que ambos encajaron con empaque. Aquella tregua improvisada había calmado los ánimos por el momento, dejando de nuevo un silencio denso en el cuarto. Elena Velázquez decidió romperlo para evitar otro choque de trenes. Seguidme, dijo mientras se ponía en pie. Los tres se adentraron en la oscuridad del pasillo que llevaba a la habitación del chico, y se detuvieron frente a la puerta. Elena Velázquez introdujo la llave en la cerradura y, tras un par de vueltas en el tambor, empujó con fuerza ayudándose del hombro. Diego del Potro aún dormía. Martina se acercó despacio, casi de puntillas, y se sentó en el borde de la cama. Le observó con aversión. Su sola presencia le hizo recordar los terribles días en el palacio presidencial, y revivió de pronto la sucia mirada del general clavada en su cuerpo. Otra vez aquel sudor frío recorriéndole la espalda. Aún así, trató de mantener la calma. Respiró hondo para ahuyentar a sus fantasmas y apoyó una mano sobre el hombro del chico. Al cabo le apartó el cabello que le caía sobre la frente. Al sentir en su piel el suave tacto, el pequeño Diego del Potro musitó alguna palabra inaudible y entreabrió los párpados levemente. Con los nudillos de la mano se frotó los ojos, y se desperezó con fuerza, emitiendo un sonido gutural que rebotó en las paredes oscuras.

- Martina… ¿Eres tú? –dijo mientras se incorporaba despacio.

- Sí –respondió distante.

Al escuchar aquella breve afirmación, reparó en que la ansiada libertad se encontraba un poco más cerca. Las lágrimas comenzaron a correr por sus mejillas, y de un brinco se puso de rodillas sobre la cama para abrazar a la figura que seguía frente a él, como un espejismo en el desierto. La apretó fuerte, rodeándole el cuello con sus pequeños brazos, y al fin se sintió a salvo.

- ¿Por qué estoy aquí encerrado? ¿Nos vamos ya a casa? ¿Y mi papá?

A Diego del Potro no le daban las palabras para lanzar al aire todas las preguntas que se le amontonaban en su cabeza.

- Lo siento –dijo Martina-, pero nadie va a salir de aquí hasta que tu papá haga lo que tiene que hacer. Pagar por todo el daño que ha causado.

- ¡Pero qué estás diciendo! –exclamó Pablo Ayala desde el fondo de la habitación.

Martina se levantó de la cama como un vendaval, y en un rápido movimiento empuñó la Colt Commander que escondía entre la espalda y el elástico de sus mallas grises. Tres pasos le sirvieron para llegar hasta Elena Velázquez y encañonarle la sien.

- Dame las llaves –dijo con determinación.

- Martina, por favor, piénsalo bien –respondió ella-. No podemos dejar morir a Ricardo.

- ¡Dame las putas llaves!

Pablo Ayala fue avanzando lentamente, con los brazos en alto y la mirada fija en los ojos de Martina, mientras se escuchaba de fondo el llanto inconsolable del chico, que permanecía de rodillas sobre la cama.

- Baja el arma. Aún podemos llegar a un…

- ¡No des un paso más! –lo interrumpió Martina para, acto seguido, dirigirse a Elena Velázquez-. Y tú, como tenga que pedírtelo de nuevo, te aseguro que la próxima vez no voy a ser tan amable.

Elena Velázquez sacó el manojo de llaves del bolsillo y, tras dedicarle a Martina una mirada de desprecio, las dejó caer sobre la palma abierta de su mano.

- Y el móvil –añadió.

Ante el gesto torcido de Pablo Ayala, accedió a concederle aquel segundo deseo, mientras sentía la presión del cañón frío que le apuntaba a la cabeza.

- Y ahora fuera de aquí los dos –ordenó con un ligero movimiento de cabeza en dirección a la puerta.

Pablo Ayala y Elena Velázquez abandonaron la habitación, con la Colt Commander siguiendo sus pasos, y se perdieron de nuevo en la oscuridad del pasillo mientras advertían cómo Martina cerraba la puerta con urgencia y echaba la llave.

Definitivamente, aquello tiraba por tierra cualquier opción de volver a su antigua vida, pero, ¿a quién diablos le importaba ya? Hacía tiempo que Martina había elegido su camino en aquella encrucijada marcada por el dolor y la venganza. Y si de algo estaba segura al cerrar la puerta de la habitación, era de que Pablo Ayala ya formaba parte del pasado.

Capítulo 48

El militar que ocupaba la garita abrió rápidamente la barrera al ver llegar el deportivo negro del Chino Perrone. Sin preguntas ni identificaciones. Órdenes directas del general. El coche voló a través del camino que llevaba al palacio presidencial, y de un frenazo brusco se detuvo junto a la valla. Flanqueando la elegante puerta lacada en blanco de la entrada, le esperaba un miembro de seguridad en posición de firmes, con un fusil al hombro y la mirada clavada en algún punto distante, más allá de la arboleda que rodeaba el edificio. El Chino Perrone descendió del vehículo y dejó caer el cigarrillo al que acababa de darle la última chupada. A pesar de la urgencia que el momento requería, recorrió con calma los veinte metros que le separaban de aquel estático personaje plantado bajo el porche. Al llegar a su posición, lanzó al aire las llaves del coche, y éste las agarró en un acto reflejo.

- Hay un paquete en el maletero. Lléveselo al general inmediatamente –dijo sin tan siquiera mirarle a la cara.

Gastón Perrone siempre parecía tenerlo todo bajo control. Era una cuestión de actitud ante la vida. Mientras el esbirro del general atravesaba el jardín, él encaminó sus pasos hacia el interior del palacio presidencial, y tras cruzar el recibidor llegó a un amplio salón, donde Alonso del Potro le esperaba en pie, con una taza de café en la mano y el primer periódico de la mañana abierto sobre la mesa.

- Buenos días, señor –el Chino Perrone hizo una pausa breve, hasta que el general levantó la vista del periódico-. Veo que desayuna usted solo. Martina no está en casa… ¿me equivoco?

Ahora Del Potro lo miraba de un modo extraño. Como preguntándose qué demonios le importaba a aquel tipo dónde estuviera su futura esposa.

- Salió temprano a correr un rato. Como cada mañana. Si quieres la llamo y le digo que venga urgentemente…, que necesitas de su presencia –respondió irónico.

El Chino Perrone sacó la orla del bolsillo trasero del pantalón e intentó devolverla a su forma cilíndrica inicial, alisando las partes en que habían aparecido pliegues y arrugas. La agarró por un extremo y extendió el brazo para ofrecérsela al general.

- No se moleste. No creo que vuelva más por aquí.

Con aquella expresión inquisitiva aún marcada en su rostro, Alonso del Potro desenrolló la lámina, sujetándola firmemente con ambas manos, y escrutó la imagen que el Chino Perrone le señalaba con el dedo índice. No cayó en la cuenta de quién era aquella joven con gafas, hasta que el hombre que al fin estaba a punto de abrirle los ojos retiró su dedo, dejando a la vista el nombre de Martina Menéndez bajo la fotografía.

- El tipo de su izquierda también le sonará –dijo el Chino Perrone en alusión a Ricardo Mendizábal, mientras al general se le descomponía el gesto.

- No puede ser –dijo, negando la evidencia.

- No me diga que a estas alturas sigue creyendo en las casualidades…

Quizá el general deseaba agarrarse a ellas como a un clavo ardiendo. A cualquier cosa, en realidad, que le diera un respiro ante la avalancha de desgracias que habían sacudido su vida en los últimos cuatro días.

- Ha tenido al enemigo en casa durante todo este tiempo –prosiguió el Chino Perrone.

- ¿Pero cómo puedes estar tan seguro de que Martina está involucrada en todo esto?

- Porque acabo de hablar con ella. Bueno, a decir verdad fue ella la que habló conmigo. Yo sólo escuché, hasta que me colgó el teléfono cuando intentaba negociar la libertad de su hijo. Siento decírselo, mi general, pero Martina es una de ellos. Y por cómo se dirigió a mí, debe ser de las que toman decisiones importantes dentro del Frente. Sin duda, los tiene bien puestos.

- Quiero que la llames de nuevo.

- Señor, no se castigue de forma innecesaria. Si ni siquiera le va a atender el teléfono…

- ¡Llama, joder!

El general quería comprobarlo personalmente, escuchar la voz de Martina deseándole la muerte, sentir su desprecio más absoluto. Sólo así podría creer lo que se le antojaba un imposible, y desde ese dolor adherido a las entrañas, llegar a superar aquella traición inaceptable. Era la única manera. Terapia de choque.

El Chino Perrone recuperó del interior de su chaqueta el móvil de Ricardo Mendizábal, y tecleó el número que aparecía en las llamadas salientes del dispositivo. Los tonos se fueron sucediendo, uno tras otro, hasta que se cortó la comunicación, y con ella la esperanza de escuchar por última vez a la mujer de la que, a pesar de todo, continuaba enamorado.

- Mejor así –le consoló el Chino Perrone-. No es bueno hacerse mala sangre cuando su hijo aún le necesita con la mente despejada.

Alonso del Potro le daba vueltas a las palabras del Chino, cuando se escucharon unos pasos a lo lejos que fueron haciéndose cada vez más audibles. Aquel ritmo asimétrico se materializó en la imagen de Ricardo Mendizábal cruzando el umbral de la puerta del salón, con las manos esposadas a su espalda y la cabeza gacha. Caminaba renqueante, un metro por delante del hombre que acababa de rescatarlo del maletero del coche, y que ahora le propinaba ligeros empujones para que no se detuviera.

- ¿Éste es el paquete al que se refería?

El Chino Perrone se giró y le dedicó una sonrisa cómplice al miembro de seguridad, que con un lanzamiento preciso le devolvió las llaves de su deportivo negro. Después se encogió de hombros. Gajes del oficio, pensó, y al desviar la mirada hacia Ricardo Mendizábal no reconoció al mismo tipo que hacía tan sólo unas horas le había entreabierto la puerta de su casa.

- Joder, doctor, tiene usted una pinta horrible.

- ¿Alguien me puede explicar de qué va todo esto? –interrumpió el general.

- ¿Se lo dices tú o se lo digo yo? –preguntó el Chino Perrone a un Ricardo Mendizábal que parecía desorientado.

Alonso del Potro los observó con semblante preocupado, y avanzó hasta situarse a escasos centímetros del doctor, en cuyas manos había confiado a toda su familia.

- Ricardo –dijo clavándole los ojos con firmeza-, ¿tú sabes dónde está mi hijo?

Haciendo oídos sordos a sus palabras, el doctor alzó la cabeza y le mantuvo aquella mirada fría, que en el fondo aún denotaba un atisbo de esperanza en su inocencia.

- ¡Te he hecho una pregunta! –insistió, agarrándole del cuello firmemente.

Ricardo Mendizábal trató de zafarse de la mano que le oprimía la garganta, y aún sin conseguirlo, sintiendo cómo se le escapaba el aire a bocanadas, logró escupir una saliva densa, blanquecina, que impactó con violencia en el rostro del general. Que te follen, balbuceó el doctor después de que Alonso del Potro, al sentir el fluido resbalando por su frente, cesara en la férrea presión que estaba a punto de ahogarle, y retirara su brazo. El general lo miró con ojos incrédulos, y sin quitarle en ningún momento la vista de encima, extrajo un pañuelo del bolsillo del pantalón y se limpió la cara.

Entonces todo ocurrió muy rápido: un primer derechazo impactó en el pómulo izquierdo del doctor, un segundo golpe en el estómago lo mandó al suelo, y mientras se retorcía intentado recuperar la respiración, recibió una patada en la cabeza que le dejó la visión en negro, con decenas de lucecitas intermitentes danzando a su antojo.

- Llévatelo al sótano y hazle cantar –le dijo al Chino Perrone-. Llámame en cuanto sepas algo.

El tiempo se le echaba encima al general. A tan sólo unos minutos del fatídico instante al que jamás creyó que se enfrentaría, dirigió sus pasos hacia la puerta del palacio presidencial, e irguiendo su cuerpo frente al espejo de la entrada se anudó la corbata con firmeza, antes de salir a toda prisa y perderse calle abajo, abatido en el coche oficial que acabó camuflándose entre el tráfico.

Capítulo 49

En la rebautizada como Plaza del Alzamiento ya no cabía ni un alma. Miles de personas se agolpaban en aquel punto emblemático, rodeado de palmeras y estatuas dedicadas a los nuevos héroes de la patria. A la izquierda se levantaban varios bloques de viviendas con banderas en los balcones, y al otro lado, siguiendo el camino hacia el puerto, se adivinaba el mar y ese olor a salitre que el viento traía consigo. El que fuera escenario de fusilamientos televisados durante los primeros meses de la dictadura, se había convertido ahora en el emplazamiento neurálgico donde los partidarios del general lanzaban sus proclamas a favor de un régimen que años después, a pesar de los insurrectos, seguía manteniéndose en buena forma. Los congregados en la plaza esperaban impacientes a que dieran comienzo los discursos en conmemoración del quinto aniversario del golpe de estado que convirtió a Alonso del Potro en el dueño de un país arrasado a sangre y fuego. Amado y detestado a partes iguales, había liderado con mano de hierro un sistema perfectamente estructurado y sólido, una gran tela de araña, un muro infranqueable que tenía como objetivo arrebatar la dignidad a todo aquél que no fuera afín a sus planteamientos, impartiendo el miedo indiscriminado a través de detenciones arbitrarias, interrogatorios y torturas. Ése era el auténtico Alonso del Potro. El mismo al que ahora, observando a la masa enfervorecida a través de los vidrios tintados del coche oficial, le temblaban las piernas. Dio un último vistazo a la esfera dorada de su reloj y exhaló un largo suspiro mientras destensaba los músculos del cuello con un movimiento ladeado. Las manecillas marcaban las once menos veinte. Es la hora, se dijo.

El chófer le abrió la puerta y se echó a un lado. Una sonora ovación estalló cuando el general descendió del vehículo con su uniforme de gala, plagado de condecoraciones en el pecho y ribetes dorados en las bocamangas, y saludó a los allí presentes con el brazo en alto, girando sobre sí mismo. Avanzó lentamente por el pasillo central hasta llegar a la primera fila de autoridades, que le observaban con un gesto torcido de preocupación ante la incertidumbre de aquel momento histórico. El general se mantuvo en pie, inmóvil frente a la izada de bandera que vino acompañada por los primeros compases del himno nacional. La multitud respondió alzando la mirada al cielo y llevándose la mano al costado izquierdo, como mandaban los cánones y las estrictas directrices del régimen. Un minuto de patriotismo, durante el cual todo pareció detenerse, y en el que Alonso del Potro, a pesar de verse rodeado de tanta gente, se sintió completamente solo, vulnerable a los vaivenes del destino. Después de tomar asiento, dobló las piernas y se alisó la raya del pantalón con esmero. Un vistazo rápido a la pantalla del móvil, que extrajo disimuladamente del bolsillo, le sirvió para comprobar que no había noticias del Chino Perrone.

Dicen que cuando llega tu hora, unas décimas de segundo antes de sentir el frío abrazo de la muerte, el cerebro selecciona las imágenes grabadas a fuego en la memoria de aquella vida que se escapa. Al general, la proyección de la película que repasaba sus momentos imborrables le sorprendió allí mismo, sentado frente al escenario al que debía subir para tomar la decisión más dolorosa de su vida. Fue un destello fugaz, una secuencia de fotogramas que su mente procesó de forma nítida, a pesar de la velocidad con la que se iban sucediendo. Un paseo en barco junto a su madre, una puesta de sol en los acantilados de la isla, los amigos de la escuela militar, el día de su boda con Isabela, el nacimiento de Diego, su primer beso con Martina... Aquella última imagen le impactó. No supo explicarse si su presencia era fruto de los últimos acontecimientos, tan recientes en el tiempo, o si ciertamente, la mujer que acababa de romperle el alma en pedazos había sido tan importante en su vida como para aparecer en aquel álbum sentimental que ilustraba sus días felices.

El general volvió en sí, haciendo palpable que, en su caso, aquel bombardeo de recuerdos no era el preludio inmediato de una muerte súbita. Lo primero que escuchó, tras retorcerse en la silla con un violento escalofrío, fueron las palabras del militar que hacía las veces de presentador, retumbando a través de los altavoces repartidos por la plaza. Tenía una voz grave, monótona, carente del entusiasmo necesario para arengar a las masas. Micrófono en mano, agradeció su presencia a los miles de asistentes que le observaban en silencio, y a continuación, tras alabar por enésima vez las hazañas del general, dio paso a un video que comenzó a proyectarse en la pantalla gigante situada al fondo del escenario. Mientras el primer plano de una bandera flameante se fundía sobre un desfile militar de exagerados movimientos, Alonso del Potro volvió a mirar su reloj, y se convenció de que todavía había tiempo para evitar la desgracia que se cernía sobre su familia. En realidad, pensó el general, todo está ya en manos de Dios. Y a él se encomendó en aquellos últimos instantes de esperanza, al igual que días antes lo había hecho con el Chino Perrone, quien a esas horas, aún luchaba sin tregua por encontrar las respuestas que se le resistían.

Capítulo 50

La luz amarillenta de una bombilla desnuda que pendía del techo se reflectaba sobre los dos hombres que compartían los escasos veinte metros cuadrados del sótano, creando sombras negras que se extendían a través de un suelo de cemento sin revestir. Las manchas de humedad ocupaban buena parte del techo, y descendían formando un moho que se filtraba entre la pintura desconchada. Ahí estaban los dos. El Chino Perrone y Ricardo Mendizábal. En el mismo punto en el que lo dejaron la noche anterior. Presos de sus errores y de sus silencios, respectivamente. El primero, apoyado en la pared, fumaba un cigarrillo que, tras dos caladas, dejó caer de entre sus dedos y apagó con la punta del zapato, bajo una nube de humo denso que ascendía creando formas extrañas. Sentado e inconsciente el otro, atado a una silla con cuerdas que le inmovilizaban el tronco contra un respaldo de listones estrechos, permanecía ajeno a la avalancha de furia que estaba a punto de desatarse en su contra.

El Chino Perrone se remangó la camisa y se sirvió un vaso de agua sobre la mesa ubicada al fondo. Dio un sorbo y avanzó lentamente hasta situarse frente al doctor, que continuaba fuera de combate. En un rápido movimiento soltó el brazo, arrojando el contenido del vaso sobre el rostro de Ricardo

Mendizábal, que recuperó el conocimiento al instante. Al despertar en aquel agujero oscuro, sintió como si un martillo le hubiera golpeado la cabeza, y recordó entonces la escena ocurrida en el salón del general, cuando todo se tornó negro.

El agua goteaba a través de su barba espesa, dejándole un rodal mojado en los pantalones. Notó de pronto el sabor a la sangre seca que se le había acumulado en la comisura de los labios, y al levantar la vista y encontrarse de nuevo frente a aquella figura vestida de negro, tembló, como si la temperatura del sótano hubiera descendido veinte grados. Maldita sea, se dijo. Y entonces deseó estar muerto. Lo deseó con todas sus fuerzas. Nadie está realmente preparado para soportar el dolor, y menos aún cuando es consciente del sufrimiento que se le viene encima. Tan sólo esperaba aguantar el tiempo suficiente para que el plan pudiera ejecutarse tal y como estaba previsto. Se convenció de que era su deber después de tantos años de lucha, en los que nunca encontró una excusa para no jugarse el tipo, a pesar de su cómoda posición social como médico refutado. Qué carajo, pensó, no es tiempo de cobardes.

El Chino Perrone daba vueltas alrededor de la silla en la que Ricardo Mendizábal permanecía inmóvil, revoloteando con paso lento, las manos en los bolsillos del pantalón y la mirada felina clavada en su presa. A pesar de la urgencia, parecía tranquilo. Sabía por experiencia que, tarde o temprano, todos acababan por traicionar hasta a la madre que los parió. Era tan sólo una cuestión de tiempo, aunque esta vez estaba apurando demasiado. Al fin se detuvo a su espalda y le agarró del cabello bruscamente. Estiró su cabeza hacia atrás, dejando la silla suspendida, con el único apoyo de sus dos patas traseras sobre el suelo, y con el puño le golpeó en la mandíbula. Un impacto corto y seco. Se plantó de nuevo frente a él con celeridad, y sin darle tiempo a reaccionar, lanzó otro puñetazo terrible que le rompió la nariz. La sangre salía a borbotones mientras los gritos de dolor retumbaban entre las paredes mohosas. Le siguieron un par de trompadas más y una batería de golpes a la altura de los riñones, tras la cual el Chino Perrone decidió darse un breve descanso. Ricardo Mendizábal aprovechó para tomar aire, aunque fuera aquel efluvio que olía a humedad. Mientras el Chino Perrone le concedía una mínima tregua, el doctor no le quitaba ojo al reloj de oficina que colgaba de la pared. Faltaban diez minutos para las once de la mañana, y ya veía la orilla cada vez más cerca.

- ¿Ya está? –dijo Ricardo Mendizábal con una media sonrisa en la boca que dejaba entrever el rojo de la sangre entre sus dientes-. ¿Eso es todo lo que sabes hacer?

El Chino Perrone le agarró la cara con la mano abierta, repartiendo cuatro dedos en una mejilla y el pulgar en la otra.

- ¡Dígame la puta dirección!

- Me la vas a tener que sacar a hostias.

Con un gesto exasperado, el Chino Perrone metió la mano en el bolsillo del pantalón y extrajo su navaja con mango de asta y latón. La vieja Dolores. Otra de sus leales compañeras de correrías. Abrió la hoja con agilidad y, sin mediar palabra, se agachó hasta alcanzar la mano derecha del doctor, que colgaba inmóvil bajo las cuerdas que la oprimían. La tensó firmemente, ante aquella mirada de pánico que recibió del doctor al adivinar sus intenciones, y rajó la palma de su mano de lado a lado con una incisión profunda. La tez de Ricardo Mendizábal se volvió blanca, y después de advertir cómo se le aceleraba el corazón y una lengua de fuego ascendía por el estómago, se desmayó.

Faltaba tan sólo un minuto para las once cuando recuperó la conciencia, y lo primero que trató de enfocar, con aquella visión que se tornó borrosa tras los golpes, fue el reloj circular que colgaba de la pared. Era lo único que le interesaba de todo cuanto le rodeaba en el sótano lúgubre donde contaba sus últimos minutos, y ver sus manecillas traspasar la frontera de aquella hora límite que cambiaría para siempre la historia de la isla sin nombre, se convirtió en su último deseo antes de morir. El Chino Perrone se disponía a agarrar la otra mano de Ricardo Mendizábal para repetir la misma operación que le había llevado al desvanecimiento, cuando sonó su teléfono móvil. Atendió la llamada de inmediato y permaneció unos segundos en silencio. No me joda…, dijo resignado, mientras entornaba los ojos. No añadió nada más. Cortó la comunicación y buscó la mirada de Ricardo Mendizábal -perdida entre las manchas de sangre escampadas por el suelo-, hasta que finalmente, ambas se encontraron.

- ¿Estará contento, hijo de puta? –dijo el Chino Perrone, que hasta en aquellos arranques de ira mantenía su costumbre de hablar de usted, incluso a sus enemigos-. Lo ha conseguido. El general Del Potro acaba de quitarse la vida. Ya aparece en todas las televisiones.

Pasaban dos minutos de las once. Ricardo Mendizábal esbozó una sonrisa liberadora, y en aquel instante de felicidad efervescente que no era más que un pequeño oasis en el camino que le conduciría a la muerte como único destino posible, se acordó de Martina y de su padre, víctimas ambas de aquel fanático régimen. Sí. Lo hemos conseguido, se dijo mientras una lágrima le resbalaba por la mejilla. La venganza estaba consumada. El Chino Perrone se abalanzó entonces sobre el doctor y le propinó dos bofetadas -una por mejilla- que resonaron con fuerza. Esto por el general, dijo. Reculó un par de pasos para tomar impulso y lanzó una patada que impactó contra el pecho de Ricardo Mendizábal. La silla se tambaleó hacia atrás hasta que cayó al suelo como un árbol al que acaban de talar. El doctor quedó mirando al techo tras el brutal impacto de la cabeza contra el cemento, y el Chino Perrone aprovechó aquella posición para apoyar la suela del zapato sobre su cuello y apretar con rabia, hasta dejarle sin respiración. Y esto por el chaval, masculló apretando los dientes. Cuando el cuerpo del doctor empezó a sufrir pequeñas convulsiones, el Chino Perrone levantó el pie y se retiró lentamente hacia la pared del fondo, dónde apoyó la espalda con desgana mientras encendía un cigarrillo. La luz amarilla de la llama le iluminó la cara y una bocanada de humo salió de su boca.

- Al menos tenga la decencia de decirme dónde tienen al chico –inquirió el Chino Perrone después de un instante en silencio-. Ya no es necesario alargar su tortura. Alguien tiene que ir a sacarle de allí…

Eran ya las once y cinco. Es hora de acabar con esto, se dijo Ricardo Mendizábal mientras intentaba recuperar el aliento. Pensó que sus compañeros ya estarían a salvo, lejos de la escena del crimen, y que el pobre chico ya había sufrido suficiente castigo.

- Está bien –dijo con la voz entrecortada.

El Chino Perrone agarró con ambas manos una de las cuerdas que rodeaban el pecho de Ricardo Mendizábal y que le mantenían sujeto al respaldo de la silla. Impasible, estiró con ímpetu hasta devolver al doctor a la posición en la que había permanecido antes de que le sacara de sus casillas con aquella sonrisita irreverente.

- ¿Me puedes invitar a un cigarrillo?
- Claro.

Extrajo el último que quedaba en el paquete y se lo puso al doctor entre los labios. Estaban agrietados y contenían restos de sangre. Con el hueco de la mano protegió la llama que hizo arder el extremo del pitillo, formando una brasa rojiza de la que ascendió una fina columna de humo. El Chino Perrone aún manejaba esos viejos códigos que estaban en peligro de extinción. Cuando empezó en el negocio, le enseñaron que un último deseo siempre debía ser atendido. Ante todo, era un profesional que no se tomaba nada de aquello como un ajuste de cuentas personal. Tan sólo era su trabajo, pero a pesar de ser cruel y peligroso, perder aquella pizca de humanidad ante alguien que ya estaba desahuciado, era traspasar la línea roja del honor.

- No perdamos más el tiempo. Dígame dónde debo ir.

Ricardo Mendizábal dio una larga calada al cigarrillo y exhaló el humo por los orificios de la nariz.

- Plaza del Alzamiento, número trece. Quinto B.

El Chino Perrone abrió los ojos como platos al percatarse de que aquella plaza era el lugar de celebración del quinto aniversario del golpe de estado. Al ver su expresión, Ricardo Mendizábal volvió a desplegar aquella mueca cínica, que acompañó con una risa socarrona.

- Supongo que ése era el último sitio donde esperabas encontrarlo. ¿No es cierto?

El Chino Perrone le dejó con la palabra en la boca y subió de dos en dos los escalones del sótano. Al abrir la puerta se topó con el miembro de seguridad que había sacado al doctor del maletero de su deportivo negro, y le dio las gracias.

- Baje ahí y mátelo –añadió sin pestañear.

Ricardo Mendizábal se iría a la tumba sin saber que había caído en la trampa tendida por el Chino Perrone. Antes de despertarse atado a aquella silla que le mantenía inmóvil, el Chino había retrasado la manecilla del reloj que colgaba de la pared del sótano y le había pedido un último favor al miembro de seguridad: llamar a su teléfono móvil a las 10:45. Él se encargaría del resto. Así fue como perpetró aquel plan que le daba unos minutos de margen para cambiar la historia que Ricardo Mendizábal ya se había construido en su cabeza.

Mientras corría hacia el coche, atravesando el jardín con largas zancadas, intentó sin éxito localizar a Alonso del Potro. Lo probó de nuevo con el mismo resultado: un silencio sucio como respuesta, que le hizo temer lo peor. Barajó varias opciones, pero la experiencia le decía que la más factible era que hubiesen utilizado inhibidores de frecuencia para evitar cualquier contacto con el general. En el Frente no solían dejar ningún detalle al azar, e incomunicar a Del Potro en aquellos últimos instantes de incertidumbre, aislarlo entre la masa que le aclamaba, era otro ejemplo más de que no daban puntada sin hilo.

Sólo faltaban diez minutos para las once. El Chino Perrone sintió batir sus sienes al ritmo de los trescientos veinte caballos de su deportivo negro, mientras zigzagueaba entre los vehículos que iba encontrando a su paso. Poco menos de tres quilómetros le separaban de su destino. Durante aquel breve trayecto trató de pensar en un plan más elaborado del que tenía en mente: entrar como un elefante en una cacharrería. Pero no se le ocurrió nada mejor.

Capítulo 51

Todos los accesos estaban cortados al tráfico. Al Chino Perrone no le quedó más opción que dejar el coche a dos calles de la Plaza del Alzamiento y correr tan rápido como pudo. Al llegar al portal número trece, las gotas de sudor le resbalaban por el rostro y sintió un molesto hormigueo en la parte posterior del muslo. La edad no perdona, se dijo entre jadeos. Alzándose entre la multitud echó un vistazo rápido al frente y contempló a lo lejos cómo el general abandonaba su asiento de autoridades para dirigirse al escenario. Un aplauso atronador acompañaba los pasos de Alonso del Potro, que se detuvo un instante en el pasillo para abotonarse la chaqueta del uniforme. Aprovechando el ruido que generó la ovación del público, el Chino Perrone empuñó su Colt Gold Cup, y de un golpe seco con la culata rompió el cristal más cercano a la manilla de la puerta. Introdujo el brazo con cuidado y la abrió lentamente, intentando no cortarse con los trocitos que habían quedado adheridos al marco. En dos zancadas se plantó ante el ascensor, que le esperaba con la puerta abierta, y apretó repetidamente el botón con el número cinco, como si aquel acto compulsivo fuera a llevarle más rápido a su destino. Aprovechó el trayecto para recobrar el aliento –inclinado, las manos apoyadas sobre las rodillas-, y al detenerse en el quinto piso se abrió ante él un largo pasillo que encaró como un animal enjaulado al que acaban de dejar en libertad, hasta llegar a la puerta sobre la que colgaba una pequeña y dorada letra B. Reventó la cerradura con dos tiros certeros y penetró sin el más mínimo temor a lo que fuera a encontrarse dentro. No había tiempo para delicadezas. Cruzó el recibidor, y al asomar la cabeza por la puerta del salón se topó con la mirada felina de Elena Velázquez, que revólver en mano –parapetada tras el sofá junto a un Pablo Ayala expectante-, lo recibió con tres balazos que quedaron incrustados en el yeso de la pared, a escasos centímetros de su objetivo. El Chino Perrone reculó, en un movimiento espontáneo que lo llevó a guarecerse tras el tabique que separaba ambas estancias, y quedó sentado en el suelo, observando todo cuanto había a su alrededor, en busca de algo que pudiera serle útil.

- ¿Eres tú, verdad? El hijo de puta que llamó esta mañana...

- No sea rencorosa, mujer. ¿Por qué no solucionamos esto como personas civilizadas? –dijo el Chino Perrone mientras se incorporaba.

Una vez en pie, agarró el jarrón azul con motivos orientales que descansaba sobre el mueble del recibidor y se situó junto al marco de la puerta. Sin querer exponerse a una nueva batería de disparos, soltó el brazo con determinación, realizando un lanzamiento certero que impactó en la pared, justo encima del sofá que protegía a Elena Velázquez y Pablo Ayala. Los añicos en que quedó partido el jarrón cayeron desperdigados a sus pies, y el Chino Perrone aprovechó aquel momento de confusión para llegar hasta la mesa metálica del salón y volcarla, sirviéndose así de un refugio improvisado que repelió el feroz ataque que enseguida se le vino encima.

El ruido de los disparos y los gritos que provenían del salón alertaron a Martina, que de inmediato reconoció la voz grave del Chino Perrone. Sintió un escalofrío que le recorrió la columna. Aquel hombre otra vez, poniendo en riesgo la promesa que le hizo a su padre. Miró a su alrededor, y viéndose enclaustrada en aquella habitación, sin ninguna salida alternativa por donde huir, se sintió un objetivo fácil, un blanco perfecto. Abrió la puerta y salió al pasillo con sigilo, camuflada entre la oscuridad que cubría las paredes. Avanzó lentamente hasta donde ya se intuía la luz que entraba por la ventana del salón, y contemplando el tiroteo desde aquella posición privilegiada, apuntó hacia el Chino Perrone con el dedo apoyado en el gatillo de la Colt Commander. En ese preciso instante, una sombra pasó corriendo a su lado, como un rayo en medio de la tormenta que acababa de desatarse. Cuando quiso darse cuenta, Diego del Potro ya estaba fuera de su alcance, jugándose la vida entre las balas que le silbaban al oído. Martina maldijo entre dientes su descuido al ver la puerta abierta de la habitación. Mientras le daba vueltas a aquel error que podía costarle tan caro, Diego del Potro consiguió llegar ileso a la puerta corredera que se escondía tras las cortinas blancas del salón, y al cruzarla recibió un soplo de aire fresco en la cara que le supo a gloria. Avanzó un par de metros por la amplia terraza de aquel último piso con vistas a la Plaza del Alzamiento, y al sentir cómo la luz del sol le cegaba la visión, se detuvo.

El Chino Perrone enmudeció al ver a Diego del Potro pasar frente a sus ojos y luego perderse tras las cortinas del salón. Advirtió cómo le bombeaba el corazón a toda velocidad y el pulso se le disparaba. Quedó inmóvil, siguiendo con la mirada la trayectoria del chico como la de una estrella fugaz a la que pedirle un deseo, y por un segundo se olvidó de los peligros que le acechaban al otro lado de la mesa metálica. Un segundo que fue letal. Escondida aún entre las sombras del pasillo, Martina volvió a encañonar su arma, y sin pensárselo dos veces escupió cuatro disparos bien seguidos, uno de los cuales impactó en el hombro derecho del Chino Perrone. Cuando la bala entró en la carne, desplazando bruscamente la trayectoria del brazo que se alzaba sobre la mesa, el Chino Perrone dejó de sentir el peso de la Colt Gold Cup en su mano y la vio caer al suelo, demasiado lejos de su alcance.

Pablo Ayala y Elena Velázquez fueron testigos de excepción de aquel ataque repentino que también les cogió por sorpresa. Sin tiempo para pensarlo demasiado, hablándose a través de una mirada en la que se dijeron todo, decidieron aprovechar la inesperada irrupción de Martina y el repliegue en su escondite del Chino Perrone para intentar escapar del infierno en el que estaban a punto de quemarse. Quizá fuera su única oportunidad. Y pescar en río revuelto siempre aumentaba las opciones de éxito. Se lanzaron al suelo y serpentearon entre casquillos de bala y plumas de cojín que aterrizaban lentamente en el piso tras flotar sin rumbo por el salón. Así llegaron a la puerta principal, y después de cruzar el rellano escaparon escaleras abajo. Sus pasos resonaron con fuerza hasta que fueron haciéndose cada vez más lejanos y se perdieron en el portal, cinco pisos más abajo, dejando el salón sumido en un silencio sepulcral.

Tras los últimos disparos que escupió la Colt Commander, Diego del Potro corrió agachado hasta llegar al final de la terraza, delimitada por una balaustrada blanca sobre la cual podía contemplarse la Plaza del Alzamiento abarrotada de gente que chillaba despavorida. Al enfocar la vista a lo lejos, en el escenario donde todo el mundo tenía puestos sus ojos, alcanzó a ver a su padre empuñando un arma que se llevó a la cabeza sin ningún tipo de vacilación. Eran las once en punto.

- ¡Papá! –gritó con todo el aire que acumulaban sus pulmones-. ¡Papá!

Volvió a intentarlo, pero fue inútil. Demasiada distancia les separaba. Demasiada gente con un grito de horror en la garganta. Demasiado tarde.

Un disparo a bocajarro en la sien acabó con Alonso del Potro tendido sobre las tablas del escenario. Tras aquel sonido metálico que se perdió entre los edificios, sus piernas se doblaron como dos alambres incapaces de soportar el peso muerto del cuerpo, que cayó desplomado. El pequeño Diego asistió petrificado al mayor acto de amor que un padre, en aquellas trágicas circunstancias, podría dedicarle a su hijo: sacrificar su vida para que él pudiera retomar la suya. Después permaneció ahí, quieto, con la boca abierta y los ojos empañados en lágrimas. No reaccionó hasta segundos después, cuando al contemplar el caos de gente corriendo hacia el cuerpo sin vida de su padre, ahogó un grito de dolor que le subió de las entrañas. ¿Por qué?, se preguntó, incapaz de entender lo que acababa de presenciar. Con la respiración aún entrecortada, giró sobre sí mismo y se dirigió a la puerta corredera que daba al salón. Tan sólo quería salir de allí. Llegar hasta el escenario donde su padre yacía sobre un charco de sangre. Abrazar su cuerpo aún caliente y quedarse junto a él hasta que alguien le obligara a soltarlo. Y entonces, darle su último adiós. Apartó las cortinas blancas de un manotazo, con un gesto de rabia contenida, y al asomar la cabeza vio cómo Martina se acercaba hacia la mesa, tras la cual el Chino Perrone seguía agazapado, apretándose la herida para detener la hemorragia. Con la suela de sus zapatillas blancas, Martina empujó hacia atrás la Colt Gold Cup con cachas doradas, que fue alejándose del hombre, en cuyas manos, había sido capaz de forjar su leyenda.

- Sal de ahí –dijo Martina con voz firme.

El Chino Perrone se incorporó lentamente mientras Martina le seguía con la mirada. Con visibles gestos de dolor consiguió ponerse en pie y apoyar su espalda en la pared, dejando restos de sangre en su trayectoria.

- Supongo que esto es el final –dijo con serenidad.
- ¡Cierra la boca! –gritó Martina-. ¡Y date la vuelta!

El Chino Perrone obedeció con la resignación de quien ya se ha encontrado más de una vez en esa tesitura, aunque siempre fuese del otro lado y con un arma en la mano. Entregado a su suerte, plantado frente a la pared desnuda que plasmaba su sombra alargada, la miró de reojo con una mueca amable que apeló a su compasión.

- Prométame que no le hará ningún daño al chico.
- Sólo si tú también me prometes algo.
- Claro. Lo que quiera…

Martina lo miró fijamente, ladeando una sonrisa apagada, llena de rencor.

- Prométeme que vas a arder en el puto infierno.

Mientras pronunciaba aquellas últimas palabras, Martina levantó el brazo, empuñando en su mano derecha la Colt Commander de Ricardo Mendizábal, que ardía en deseos de vengar su muerte a balazos. La yema del dedo índice ya rozaba el gatillo cuando Diego del Potro, observando la escena tres metros más atrás, cogió la Colt Gold Cup con cachas doradas que se había detenido junto a él tras girar como una peonza, y sin temblarle el pulso, disparó.

Fueron dos fogonazos. Bum, bum. Certeros y mortales. Martina hincó las rodillas en el piso e intentó rescatar una bocanada de aire que llevarse a los pulmones. Un sonido gutural escapó de su boca cuando el Chino Perrone se giró, justo a tiempo para ver el cadáver de Martina caer a sus pies. Al alzar la vista de nuevo, sus ojos se estrellaron en los de Diego del Potro, que seguía apuntando con el arma al frente. Aquella imagen le recordó la pesadilla que tantas veces se le había repetido en los últimos meses. El niño acribillándole a balazos por la espalda. Sólo que esta vez, en lugar de quitarle la vida, se la salvó.

- Baja el arma…-dijo el Chino Perrone, alzando la palma de la mano bañada en sangre-. Tu padre me ha enviado para que te saque de aquí.

- Mi padre –respondió entre sollozos- está muerto.

Diego del Potro sintió que le faltaba el aire. Repitió varias inspiraciones bruscas, alzando los hombros de forma convulsa, y al ver cómo el Chino Perrone se acercaba renqueante soltó la pistola, como si le quemase en las manos. Con la imagen de su padre volándose los sesos aún en la retina, se dejó caer al suelo, y tapándose el rostro con ambas manos naufragó en un mar de lágrimas sin consuelo. El Chino Perrone llegó hasta él y lo abrazó con fuerza, olvidándose por un momento del dolor que le martilleaba el hombro y de su antigua costumbre de no tutear a nadie, salvo a su amada Estrella Figueroa.

- Tranquilo. Yo te cuidaré.

Aquellas palabras sorprendieron al propio Chino Perrone desde el instante en que salieron de su boca. Quizá fue la ternura que exigía el momento, ante un hijo que acaba de perder a su padre, o tal vez la culpabilidad por no haber podido cumplir con su palabra. La cuestión era que el general estaba muerto y él se sentía en deuda con aquel chico que se había quedado solo en la vida.

Al salir del portal le cogió de la mano mientras las sirenas de las ambulancias acompañaban sus pasos entre la gente. La vida sin el general iba a ser muy diferente para su hijo Diego, pero también para aquella isla sin nombre que tendría que volver a levantarse y olvidar lo que dejaba atrás.

Capítulo 52

El Club La Estrella estaba cerrado. A primera vista parecía una casa abandonada, pero todos en la isla sabían que cobraba vida al anochecer, cuando las luces de neón se encendían y los reservados se llenaban de gente en busca de los placeres más primitivos. El Chino Perrone llegó hasta la puerta trasera con Diego del Potro de la mano, y apretó varias veces el botón del interfono. No era la primera vez que aparecía por ahí cuando no debía, haciendo caso omiso al horario de apertura. Pero siempre era bien recibido. Estrella Figueroa asomó la cabeza por el balcón del primer piso, y a los pocos segundos se presentó abajo, abriendo la puerta con el rostro desencajado.

- ¿Pero qué te ha pasado? –preguntó perpleja al ver las manchas de sangre.

- Gajes del oficio.

- ¡Pasa y siéntate ahí! –dijo señalando hacia el interior.

No percibió que el Chino Perrone venía acompañado hasta que el chico entró tras él, con la mirada clavada en el suelo, como avergonzado ante aquella mujer que había salido a recibirles medio desnuda.

- ¿Y este niño qué hace aquí?

- ¿No has visto las noticias? –respondió el Chino Perrone con otra pregunta.

- ¿Lo del general? Sí. Qué horror... Bueno –dijo tras un breve silencio-, al menos no he perdido un cliente. El muy cabrón ya no venía nunca.

El Chino Perrone carraspeó, abriendo exageradamente los ojos mientras le hacía señales con ligeros movimientos de cabeza que apuntaban a Diego del Potro. Estrella Figueroa lo miró con un gesto inicial de incomprensión que, al advertir su propósito, derivó en curiosidad, y se inclinó un poco para verle la cara al chico.

- ¡Niño, mírame! –dijo levantándole la barbilla con un dedo.

Un sudor frío le recorrió el cuerpo, como si hubiera visto un fantasma en plena noche, y retrocedió bruscamente, lanzándole una mirada al Chino Perrone que le hubiera fulminado si las miradas matasen.

- ¿Pero tú estás loco? –le dijo al oído, con los dientes apretados-. ¿Cómo se te ocurre traer aquí al hijo del general?

- Porque en media hora me voy de esta isla para siempre, y quiero que vengas conmigo –le soltó la mano al chico y la plantó en la cintura de ella-. Mandémoslo todo a la mierda y vayámonos lejos. Donde nadie nos conozca. Tengo el suficiente dinero como para vivir lo que nos queda sin la más mínima preocupación.

- Definitivamente, te has vuelto loco –dijo con una sonrisa nerviosa.

Estrella Figueroa negaba con la cabeza, pero los ojos le brillaban como dos luceros.

- He hecho un par de llamadas. Ya está todo preparado.

- ¿Y el chico?

- Se viene con nosotros. No tiene a nadie más…

- ¿Pero tú sabes lo que eso significa?

- Claro que lo sé. Tendremos que olvidar algunas cosas del pasado y aprender otras que ni el futuro aún sabe. Pero lo haremos juntos. ¿No te parece emocionante?

- Es una locura…

- Sí, pero una locura maravillosa. Y es ahora o nunca.

Antes de que Estrella Figueroa pudiera sopesar su propuesta, el Chino Perrone la atrajo hacia su cuerpo con un suave movimiento y la besó tras apartarle un mechón pelirrojo de la cara. Le recordó al primer beso que se dieron hacía ya demasiados años. Dulce y tierno, pero vacío. Separaron sus labios y se miraron a los ojos, hasta que Estrella Figueroa dejó de aguantar aquella mirada triste que la escrutaba. No hizo falta añadir nada más. Fue entonces cuando ambos se dieron cuenta de que aquello era imposible. Llevaban demasiados fracasos en la mochila como para empezar otra vez de cero. Por mucho que quisieran engañarse, en el fondo sabían que no estaban hechos para compartir su vida con nadie más que con su pasado. Eran lo que eran y no lo que deseaban ser. Y muy a su pesar, no eran más que dos almas solitarias luchando a contracorriente. Carne de cañón. Víctimas de un destino del que no podrían escapar sin antes pagar un precio demasiado alto.

El Chino Perrone le acarició la mejilla, y sin decir ni una sola palabra avanzó hacia la puerta, con Diego del Potro siguiéndole los pasos. Se giró un instante, y cuando miró a Estrella Figueroa por última vez, ésta había vuelto su rostro hacia la pared para que no la viera llorar. Cuídate mucho, le dijo antes de salir y cruzar la calle. Después desapareció por el camino que llevaba al mar.

Un barco atracado en el puerto le esperaba para llevarle a cualquier lugar donde la vida tuviera un mínimo de valor y la muerte le siguiera respetando. Vistos sus antecedentes, tampoco era demasiado pedir.

Índice

Primera parte
CUANDO NO MATAN LAS BALAS　　　7

Segunda parte
SEGUNDAS OPORTUNIDADES　　　59

Tercera parte
EL PASADO SIEMPRE VUELVE　　　161

Cuarta parte
NO ES TIEMPO DE COBARDES　　　245

Printed in Great Britain
by Amazon